京王沿線怪談

吉田悠軌　川奈まり子

竹書房
怪談
文庫

京王沿線はいつも、水とともにある。

吉田悠軌

私は高尾で生まれ育ち、子どもの頃から遊ぶところといえば新宿か渋谷。いずれも高尾駅からであれば、京王線でも中央線でもアクセスできる。だから移動の際はいつも、どちらのルートでゆくか悩んだものである。私にとって京王沿線と中央線は兄弟のような路線で、だからこそ両者の違いを肌感覚で分かっているつもりだ。

それは山手線の西側の「東京」をどのようにゆくか、の違いである。山手線の中が都心としての「東京」だとすれば、西側には武蔵野台地と多摩丘陵からなる「東京」が広がっている。むしろ生活者である都民にとっては、こちらの「東京」の方が馴染み深いだろう。

中央線の印象は、「東京」の高い土地をまっすぐに走っている感じ。武蔵野台地の中でも古くて高い位置にある小平《こだいら》面を、ひたすら直線的に横断していく。

まさに武蔵野のスタンダードを代表するのが中央線といえよう。

対して京王沿線は、どこにいっても水が近い。

国分寺崖線《がいせん》の南側や多摩丘陵を流れるいくつもの川。京王線も相模原線も、そうした水路に沿いながら、また時には川を跨いで越えながら走っていく。

井の頭線は湧水地である吉祥寺から出発して、しばらく神田川と並行している。都心に近づくと線路は地下に潜り、玉川上水跡と経路をともにする。

極端な物言いをすれば、中央線は「高」かつ「陽」、京王線は「低」かつ「陰」となるだろう。……とはいえ、これは悪口ではない。

その土地で人々が生活した記憶は、水のようなものだ。社会の表舞台に出ず、語られずじまいになった記憶や歴史は、低い土地へと流れて水場に溜まっていく。そうして溜まった記憶や歴史が、ふとした時に奇妙なかたちで噴出したものが、怪談となる。

怪談が水場に多いとは、そういうことなのだ。

いつも水とともにある京王沿線の周りは、怪談が語られやすい土地だ。それらはまた、武蔵野と多摩丘陵からなる「東京」と、そこで暮らす人々の記憶の物語でもある。

国分寺崖線や立川崖線の急坂を下っていった先で。

多摩ニュータウンの開発後も残された谷戸《やと》の陰で。

玉川上水の暗渠《あんきょ》と地下化された線路が走る、その上で。

人々は、京王沿線ならではの怪談を語っている。

はじめに

川奈まり子

遠い想い出の一場面に、京王線との出逢いがある。

引っ越してきた翌日のことだ。造成中の空き地が目立つ新興住宅街から長い坂道をバスで下りてゆくと、遙《はる》かな青空の下に小さな白い駅舎が建っていた。

「うちの最寄り駅よ」と母が私と妹に教えて券売機で切符を買い、「せっかくだから終点まで行ってみましょう」と言って、新宿まで三人で鉄路を往復したのであった。

母に手を引かれて沿線に住む祖父母の家を訪ねるのが愉《たの》しみだった幼い日々や、郊外から都心へ向かう少女の頃のささやかな冒険の出発点は、思えばいつもあの駅だった。

やがては通学、通勤のため日常的にここから電車に乗るようになり、私の成長と歩調を合わせるかのように街も駅舎も大きく拡張されていった。

数々の変化もあった。子どもの頃、幽霊が出ると噂されていた踏切は、駅の高架化に伴い、いつのまにか消えていた。高尾山や多摩川、井の頭公園などが今も変わらずありつづける一方で、みんなでお小遣いを握りしめて遊びに行った多摩テックは閉園した。

多摩センターや南大沢といった新たな駅と街の変遷《へんせん》も、私にとっては記憶に新しい。

――このたび、そんな京王線沿線の怪談を綴《つづ》る機会に恵まれた。

長年、怪異体験者の肉声を傾聴しては怪談の本ばかり何十冊も書いてきて、唯一、確信を得た事実がある。

それは、人が足を運んだ土地には、必ず怪異が生まれるということ。

怪談は、奇怪な現象のみで成り立ちはしない。

端的で突拍子もない出来事や、不鮮明な因果律ばかりが注目されがちだが、実はどの話も、人の夢や希望、愛と憎しみ、苦悩と救済の物語に裏打ちされている。

言い換えれば、実話の怪談とは、此の世を生き抜いた人間の軌跡なのだ。

人々と街が活き活きと新陳代謝を続けていれば、おのずと怪談も盛んに語られる。

明治四十三年に京王電気鉄道として生まれてから令和七年現在に至るまで、数多の人々を乗せながら有機的に発展していった京王線。

その沿線で人が怪異を語らぬはずがなかった。

執筆にあたり、京王電鉄各線の沿線付近出身または在住する体験者を募って取材した。

私自身も体験者の一人であることは言うまでもない。

目次

※本書は体験者および関係者に実際に取材した内容をもとに書き綴られた怪談集です。体験者の記憶と主観のもとに再現されたものであり、掲載するすべてを事実と認定するものではございません。あらかじめご了承ください。
※本書に登場する人物名は、様々な事情を考慮してすべて仮名にしてあります。また、作中に登場する体験者の記憶と体験当時の世相を鑑み、極力当時の様相を再現するよう心がけています。今日の見地においては若干耳慣れない言葉・表記が記載される場合がございますが、これらは差別・侮蔑を助長する意図に基づくものではございません。
※各話の著者につきましては、巻末（P239）に掲載されております「執筆者別作品リスト」をご参照ください。

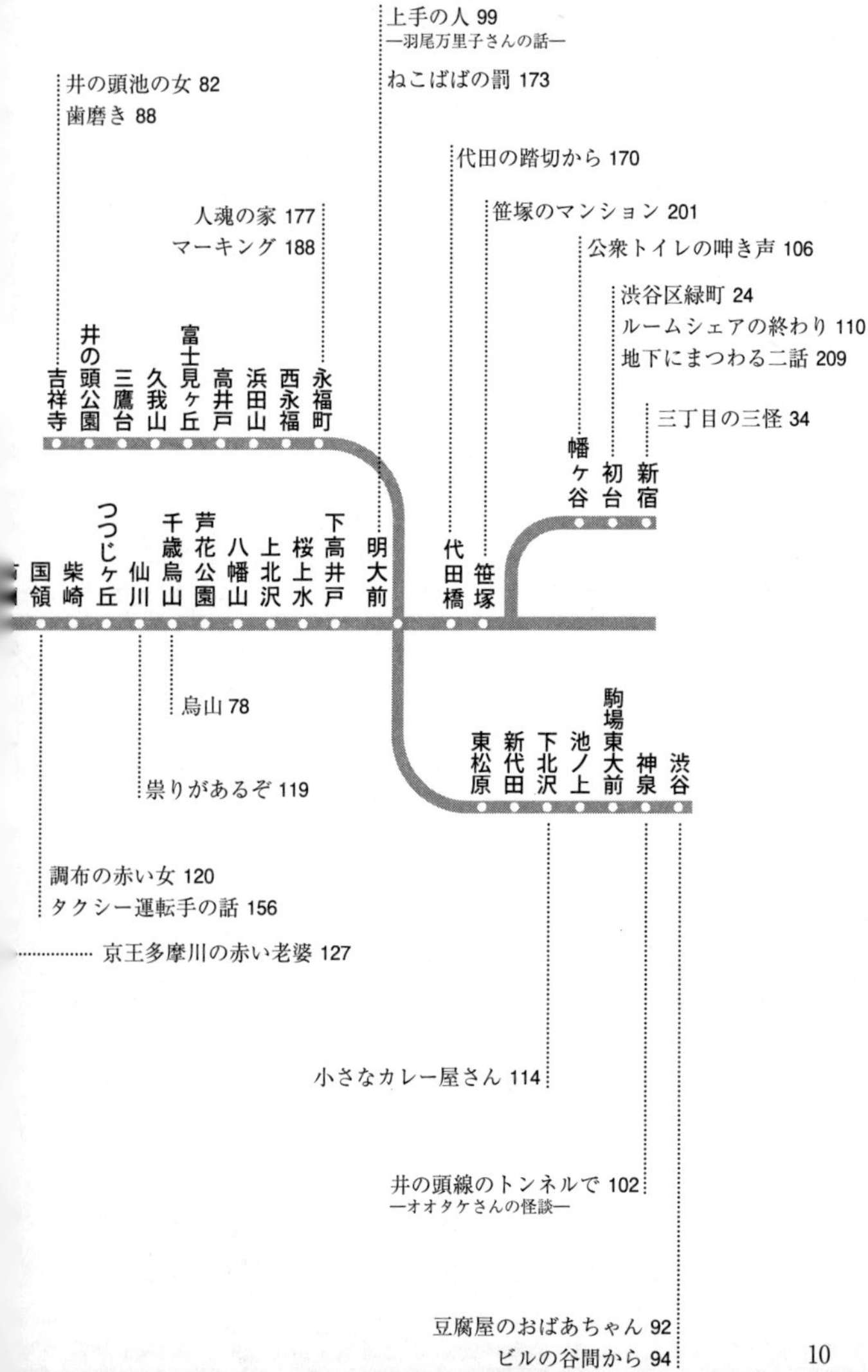
上手の人 99
—羽尾万里子さんの話—
ねこばばの罰 173
井の頭池の女 82
歯磨き 88
代田の踏切から 170
人魂の家 177
マーキング 188
笹塚のマンション 201
公衆トイレの呻き声 106
渋谷区緑町 24
ルームシェアの終わり 110
地下にまつわる二話 209
三丁目の三怪 34
吉祥寺
井の頭公園
三鷹台
久我山
富士見ヶ丘
高井戸
浜田山
西永福
永福町
幡ヶ谷
初台
新宿
国領
柴崎
つつじヶ丘
仙川
千歳烏山
芦花公園
八幡山
上北沢
桜上水
下高井戸
明大前
代田橋
笹塚
烏山 78
東松原
新代田
下北沢
池ノ上
駒場東大前
神泉
渋谷
祟りがあるぞ 119
調布の赤い女 120
タクシー運転手の話 156
京王多摩川の赤い老婆 127
小さなカレー屋さん 114
井の頭線のトンネルで 102
—オオタケさんの怪談—
豆腐屋のおばあちゃん 92
ビルの谷間から 94

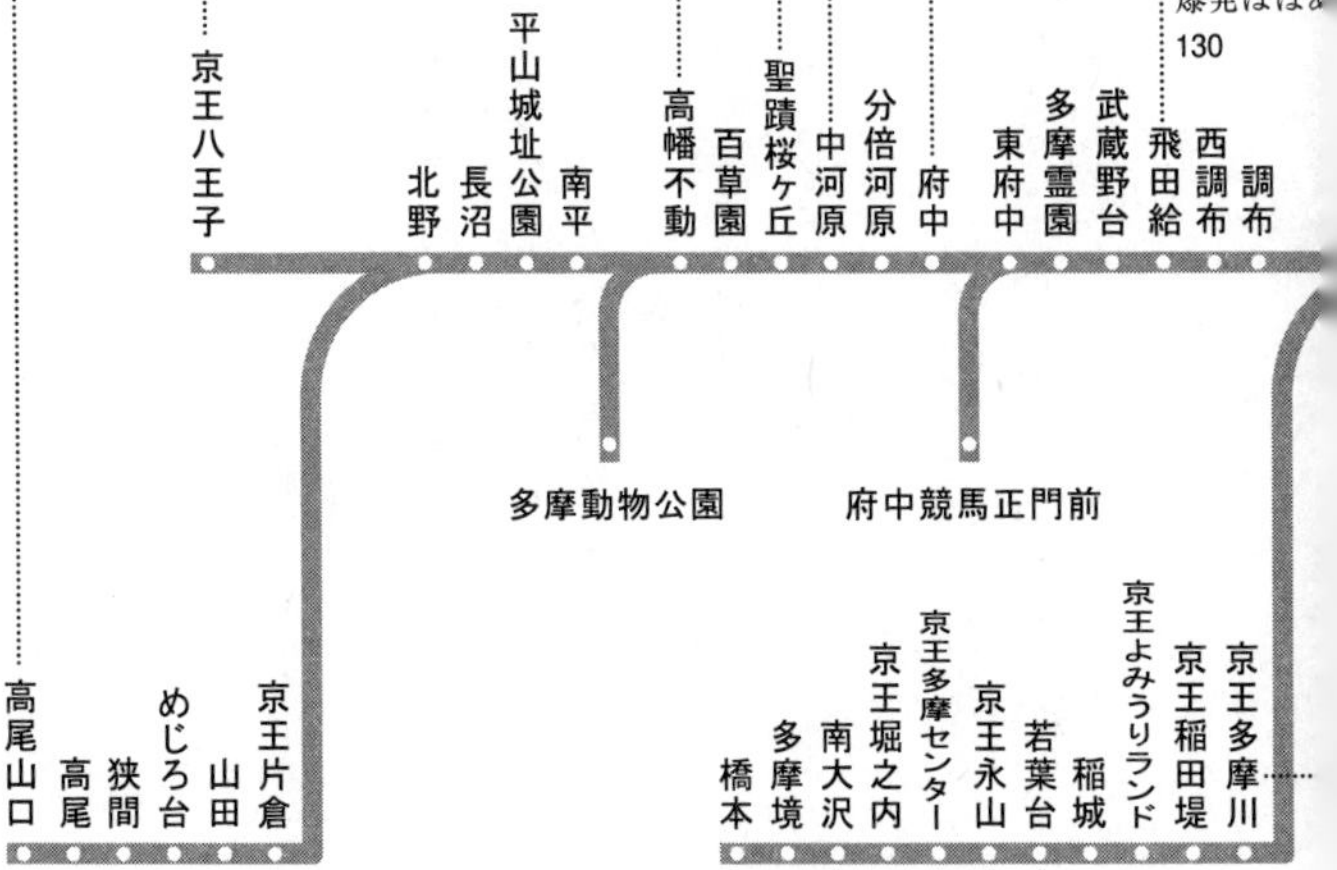

京王八王子
北野
長沼
平山城址公園
南平
高幡不動
百草園
聖蹟桜ヶ丘
中河原
分倍河原
府中
東府中
多磨霊園
武蔵野台
飛田給
西調布
調布
多摩動物公園
府中競馬正門前
高尾山口
高尾
狭間
めじろ台
山田
京王片倉
橋本
多摩境
南大沢
京王堀之内
京王多摩センター
京王永山
若葉台
稲城
京王よみうりランド
京王稲田堤
京王多摩川

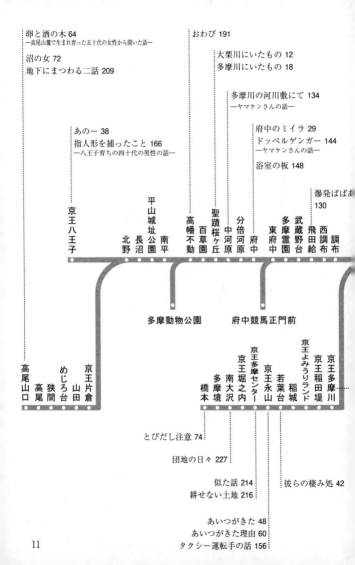

大栗川にいたもの

聖蹟桜ヶ丘の川原には、不思議なものが棲息しているようだ。

まずは、ヨシエさんが二十年前に体験した話。

初夏のよく晴れた日、ヨシエさんは女友だちと府中で待ち合わせた。

友人は高校時代のクラスメイトで、二人とも大学に入学したばかり。卒業から一ヶ月半ぶりの再会だった。確か、大國魂《おおくにたま》神社のお祭りを見るため待ち合わせたのかと、ぼんやり記憶している。ただお祭りはそれほど長く見学せず、なんとなく二人の地元である聖蹟桜ヶ丘へ戻ろうかとなったはずだ。

そこからどうやって移動し、多摩川を越えて戻ってきたのだろうか。もしかしたら京王線の電車に乗らず、ひたすら徒歩で一時間以上も歩いていたのかもしれない。

とにかくその日は、高校時代の友人について自分たちの新生活について、しゃべることが山ほどあった。

聖蹟桜ヶ丘
せいせきさくらがおか
京王線

同じ吹奏楽部のメンバーたちは最近どうなのか。自分はどのサークルに入ろうと迷っているのか。友人の入った専門学校はどんなノリなのか。こんな先生がいる、こんな面白い子がいる、この授業がうざい……。

どんなに時間をかけて歩いても、まだまだ話し足りないほどに。

聖蹟桜ヶ丘駅から南に数分歩くと、大栗川《おおぐりがわ》という多摩川の支流へたどり着く。川の両サイドを道路が並行して走り、住宅や公園、小学校などが水辺に並ぶ。また道路下の土手は遊歩道となっており、川に沿った散歩が楽しめる。

二人とも地元民だ。この川沿いを歩けば静かに歓談できることを知っている。大栗橋から霞《かすみ》ヶ《が》関《せき》橋を渡ると、お互いに確認もせず、自然と川の南側の道路へと曲がっていった。

夕方五時を過ぎていたが、まだまだ周囲は明るかった。向こうの並木公園からは、子どもたちが遊びに興じる甲高《かんだか》い声が響いている。

対岸に目を向けると、最近造られたであろう建売住宅が並んでいた。まったく同じかたちの縦長の戸建てが数軒、夕暮れ前の穏やかな日差しを浴びている。

おしゃべりの最中も、二人の目線は対岸へと注がれていた。建売住宅の一つの玄関を、サラリーマン風の男性が開けているのが見えた。その家の父親だろうか。彼が家の中に入る直前、対岸の自分たちにも聞こえるほどの大声をあげた。

「ただいまー！」

ヨシエさんは思わず笑みをこぼした。いい大人が、あんなに元気に挨拶するなんて。なにげなく、本当になにげなく、深い意味もなく。ヨシエさんは友人の方へと向きなおった。そして男性の口真似をして、こう言った。

「ただいまぁ」

友人はまだ対岸を向いていたので、このおふざけに笑い返したかどうかは、よく見えない。まあいいかと歩きなおした、その数秒後。

「ただいまー！」

向こう岸から、先ほどと同じ男性の大声が轟《とどろ》いた。

あ、怒られた。

すぐそばの友人にだけ届く声量だったつもりなのに、あのお父さんに聞こえてしまったのか。私がわざと悪意をもってからかったなんて思われたら、それはけっこう気まずい。

さっきの男が玄関から出て、こちらを睨みつけている様子を想像しながら振り向いた。

しかし例の家の前には、誰一人として立っていなかった。

え？　そしたら今の声って誰が？

そう思っているうち、再び同じ言葉が聞こえた。

「ただいまー！」

声の方向をしっかり直視していたので、今度は家の下の土手から響いてきたとわかった。

あれ、あれ、誰もいないよね。

そのポイントどころか、見渡す視界のどこにも、自分たち以外に人の姿はない。

「ただいまー！」。しかし次は川の上から。

「ただいまー！」。次はこちら側の土手から。

見えないなにかが同じ言葉を叫びながら、どんどんこちらに近づいてくる。

友人がぽかんとした顔を向けてきた。彼女も同じ声が聞こえているようだ。

「ただいまー！」

すぐ足元の植え込みで叫ばれたところで、二人とも全速力で駆けだした。

「ただいまー！」「ただいまー！」「ただいまー！」

そのすぐ後ろを、声が飛び跳ねるように追いかけてくる。

やばいやばいどうしよう。

必死に走るうち、目に涙が浮かんできた。友人も泣きだしそうに顔をゆがめている。

そこで川沿いの道が、野猿《やえん》街道にぶつかった。ちょうど交差点の信号が青だったので、
そのまま斜め向こうへと突っ切る。

「ただいまー！」

今まですぐ後ろで響いていた声が遠ざかった。交差点から見て対角線上の、川沿いのフェンスのところから聞こえてきたのである。

あの声、川からは離れられないんだ。確信めいた直感が浮かび、少しだけ安心した。

「コンビニ、コンビニまで走ろう」

そう言ったのはヨシエさんだったか友人の方だったか。とにかく街道の先の、当時まだあったコンビニ店舗を目指した。

……ただいまー……ただいまー……。

声はだんだんと遠ざかっていく。

ふと気づくと、いつも交通量の多い野猿街道なのに、車が一台として走っていなかった。水中のような静けさの中で、背後の「ただいま」だけが弱々しく響いている。

その静寂は、コンビニの自動ドアが開いたところで破られた。入店アラーム、店内のざわめき、そして野猿街道を次々とゆく自家用車やトラックの走行音。その代わり、例の声はいっさい聞こえなくなっていた。

いつもの現実に戻ってこられたんだ。そう感じて、ひと息ついた。

「とにかく塩をかけ合おう」

清めの塩のつもりだった。ただ粗塩は一キロの袋しか売っていなかったので、仕方なくアジシオで代用した。駐車場で青い小瓶から、味の素入りの塩をお互いに振りかけた。

——二人がこの体験を共有できたのは、そこまでだった。

さっきの声はなんだったのかと興奮するヨシエさんに対し、友人は急に醒《さ》めた様子で「さあ」としか答えなくなったのだ。もう一度確かめにいこうかとすら思っていたのに、彼女はさっさと帰ってしまったのである。

以降、ヨシエさんが幾度かこの件を蒸し返しても、友人はほとんど無反応だった。といっても記憶が消えたという訳ではない。

「そんなこともあったね」

否定もせず、しかし話題を続ける気配もいっさい見せず、一言そう返すのみ。次第にヨシエさんも、彼女と話をすることが無くなっていった。

十八歳のヨシエさんと友人とが、大栗川で声に追いかけられた初夏の日。

その体験が心に刻まれたのは、二人のうち、たった一人だけだったのだ。

多摩川にいたもの

次は聖蹟桜ヶ丘駅のすぐ北、多摩川沿いでの体験談。

大阪の大学院に通っていたサクオさんが、東京へ遊びに来た時のことである。

「中河原のバーで働いている友人がいたので、京王線沿線のどこかで会おうかと話していたら」

花火大会があるから行ってみないか、と誘われた。多摩川沿いでかなりの数の花火を打ち上げる、東京では有名な催しものらしい。おそらく府中市側からも観覧できるのだろうが、対岸の聖蹟桜ヶ丘駅を目指すことになった。

「ただその日は、午後からけっこうな雨が降りだしまして」

駅に着いた頃には、遠くで雷までが鳴り響いている始末。それでも大勢の人で溢《あふ》れかえっており、中止するといったアナウンスはいっさい流れない。

「これ、ほんまにやるんかな?」

聖蹟桜ヶ丘
せいせきさくらがおか
京王線

サクオさんたちの心配をよそに、花火大会は決行された。しかし、その先がうまく思い出せないのだ。大雨の中、群衆の傘ごしに上がる花火を見たのかと問われると、そうした光景はいっさい覚えていない。

とにかく次に頭に浮かぶのは、多摩川へ向かって歩いている自分たちの姿だ。橋を渡るため、人々の行列に混じってゆっくりと歩を進めている。もう空ではなく足元を見下ろしていたので、花火は上がっていなかったのだろう。

「そう……確か、雨で大会が中止になったんですよ。それでなんとなく、ぞろぞろと帰る人たちの流れについていって……。暗かったから、川の土手を歩いてたんかな？　その先に大きな橋が見えたんで『橋あるわー、あれ渡ろ』となった気がします」

取材時にさんざん問いただしてみたのだが、このあたりのサクオさんの記憶は非常に曖昧《あいまい》だ。二十年前だから仕方ないのかもしれないし、直後に見舞われた出来事が関係しているのかもしれない。

私が代わりに想像してみると、この時のサクオさんたちはおそらく、聖蹟桜ヶ丘駅とは反対側の関戸《せきど》橋を目指していた。混雑した駅を避け、歩いて帰ろうとする人の波に乗ったのだろう。そして橋を渡り、対岸へ渡ろうとしていたのではないか。中河原の友人のバーに戻るつもりなら、大雨でもそれほど苦労する距離ではない。

「そしたらですね。少し先の地面で、なにかがモゾモゾ動いてたんですよ」

橋の手前で見たものについては、もう少し鮮明な記憶が残っている。

ごうごうと増水した多摩川の水音が轟く、その脇の土手道。雨に打たれ行進していく人の群れから、ふいに視線が逸れた。アスファルト舗装の脇の草むらで、黒い物体が蠢《うごめ》いていたからだ。

「まっくろくろすけ、みたいに最初は思いました。丸みのある、ふわっとした感じの黒い影やったんで」

思わず行列から外れ、草むらへと屈みこんだ。生き物らしき黒い影は、まだその場で体をびくつかせていたのだが。

――ああ、コウモリか。

初見でそう判断したのだから、コウモリに近い見た目だったはずだ。黒い毛に覆われた体、細長い足、顔はよく見えないが頭頂部にとがった耳が二つ。そして二つの翼が横に広がっている。そんな生物が、土の上に寝転がっていたのだ。

自分のすぐ横で、友人もしゃがみこんだ。なんでこんなものが落ちてるんだろう、といった会話があったか定かではないが、確かに友人もそれを目の当《ま》たりにしていた。

「コウモリと思ったんですよ。でもそう思ったのに、なんでなんかな」

その胴体を、右手の指先でつついてしまったのである。ぐいぐいと細い体毛ごしに、柔らかい感触を楽しむように。

「今から考えれば、コウモリなんて黴菌《ばいきん》とかウイルスだらけじゃないですか。でも自然と手が動いてしまって」

すると次の瞬間、黒いものが二つに分かれた。自分が触れている胴体は地面に転がったまま、なにかが上に飛んでいったのである。

「翼、でした」

両翼だけが体から分離し、ふぁさりふぁさりと空中をはためいたのだ。

翼はそのまま静かに上へ上へ羽ばたき、夜空の向こうへと飛び去っていった。

驚くのも忘れたサクオさんたちが、次に地面へ目を落とすと。

残された胴体の、その細い両足がさらに長く飛び出すところだった。そして倍以上にまで突き出た足が、今度はいきなり短くなって胴体の中に引っ込む。その伸縮により、胴体が数センチほど川の方へ動いた。そしてまた足が伸び縮みし、向こうへと移動する。

とにかく「尺取り虫みたいな」としか表現できない動きだったという。

二人が唖然と眺めているうち、黒い胴体はその奇妙な伸縮運動によって、川原の茂みの中へと潜りこんでいったのである。

自分たちが見たものはなんだったのか、その正体はわからない。しかし「悪いもの」と出遭ってしまったのではないか。サクオさんはそう考えている。

この目撃からほどなくして、サクオさんは精神病を、友人は癌《がん》を患ったからだ。

いずれも二十代半ばでの突然の発症で、重篤《じゅうとく》な事態へ陥《おちい》った点も共通している。

サクオさんは就職したものの、入社式だけ出た後はすぐに休職。急速に症状が悪化し、ついには警察官六人がかりで取り押さえられ、そのまま閉鎖病棟へ入れられてしまう事態へと至る。大阪では「十人に一人しか出てこられず、九割の人は一生そこで暮らす」として有名な精神病院だったが、なんとか退院することができた。

友人の癌も劇的な速さで進行し、発見時には末期のステージ4となっていた。大手術をしたものの予後はかなり悪く、長期療養を余儀なくされた。その途中に離婚までしており、社会復帰まで十四年もかかった。

幸い、サクオさんも友人も現在は大企業に就職、結婚もして穏やかに暮らしている。

「ただ二人とも、人生が一度、完全にダメになってしまったとは思ってますね」

それはあの黒いものを見てしまったのが原因だったのではないか。そう思えてならないのだという。

そしてこの夜の記憶がほぼ消えてしまっているサクオさんだが、取材中に思い出したことがあった。東京に行った際に購入した新聞を、保管していたことである。それを引っ張り出してもらうと、日付は二〇〇三年八月初旬。

となると彼らが参加したのは八月五日の「多摩川関戸橋花火大会」で間違いないだろう。確かにこの日、関東地方では記録的降水により大雨洪水警報が発令されていた。しかし大会を無理に決行したため、増水した多摩川中州に花火職人ら三十四名がとり残されるという事故まで起きている。

二〇〇三年といえば、ヨシエさんが大栗川で奇妙な声に追いかけられたのが、この三ヶ月前のことだ。二十年前の聖蹟桜ヶ丘の川原には、不思議なものたちが蔓延《はびこ》っていたようである。

渋谷区緑町

一九八六年か一九八七年か、そのあたりの話だ。

当時、初台駅の近くにはバンド関係のミニコミ誌を発行している編集部があった。バンドマンのクマダさんはスタッフとも顔馴染みで、よく遊びにいっていたのだという。

「その夜は、友だちのバンドを見るため渋谷のライブハウスに行ってたんですけど」

打ち上げにも参加しているうち、つい終電を逃してしまった。まだ二十三時過ぎだが、埼玉県在住のクマダさんにとっては既にタイムアウトだったのだ。

「それならまあ、初台の編集部に泊まらせてもらおうかなと思って」

あそこならいつもスタッフが一人か二人、明け方まで作業しているはずだ。以前も深夜に訪れたことがあるので、そのあたりは把握していた。

公衆電話から編集部へ「そっちに泊まってもいい?」と訊ねると、当然のごとくＯＫの返事。その様子を横で聞いていた友人たちも「俺も行く」「私も泊めて」と言い出し、結局、

初台
はつだい
京王新線

プラス三人が同行することとなった。

当時のバンド界隈の、ほのぼのとした雰囲気が伝わってくるエピソードである。

0時前には初台駅に到着した。編集部の入っているビルはそこから十分弱。途中の児童公園で一度曲がればいいだけの簡単な道のりだ。

駅前にはまだ多くの通行人がいたが、住宅地に入るとすぐに閑散とした雰囲気となる。なんだかまっすぐ目指す気にならず、わざと商店街を通ったり暗渠《あんきょ》の道に入ったりしてみたが、どこにも人影一つない。

「うわあ、渋谷と新宿が近いのに、こんなに静かなところなんだねえ」

同行者の声が、暗い街並みでやけに大きく響いた。

そのうち目当ての児童公園の前に来た。それを横目に過ぎて、もうすぐ編集部のビルが見えてくるはずだったのだが。

「あれ、また戻ってきちゃった」

ぐるりと迂回したのか、公園の反対側へと着いてしまった。

曲がり角を間違えたのだろう。今度はしっかり確認して見慣れた路地をゆく。それでも数分歩くとまた同じ公園が見えてきた。

「うーん、この道を曲がるんじゃないんだっけ……」

この時点では迷っている意識はなかった。児童公園を起点にするのは確かなのだからと、また別の路地を歩いてみる。しかしまたもや公園へとUターンしてしまった。

「ちょっと〜。まだ着かないの？」

友人たちの文句を浴びて、クマダさんもそろそろ焦《あせ》りを感じてきた。

「ごめんごめん、反対側の道だったかも」

そう言いながら公園を横断している途中、時計台の下に緑色の人影がぼうっと佇んでいるのが見えた。目を凝らしてみると、緑一色のワンピースを着た女性だった。

あんな人、さっきはいなかったよな……と訝《いぶか》しみつつ、とにかく反対側の路地を進む。

そうこうするうち、平屋一階建てのレトロな洋風住宅が、芝生の庭とともに並んでいる景色へと入り込んでいった。それはクマダさんの説明を借りるなら、

「福生《ふっさ》の横田米軍基地の周りに、一九五〇年代後半に建てられたアメリカンハウスが残っているじゃないですか。建物自体はあれと似ているんです」

ただしアメリカンハウス特有の色とりどりの外壁はいっさい見えない。どの住宅の壁にも、びっしりと蔦《つた》が絡みついているからだ。

屋根以外の全面が緑色に覆われた、廃屋のような平屋がずらりと軒を連ねている。

初台にこんな住宅地があるはずない。クマダさんが周囲を見渡すと、目に飛び込んでき

たのは電柱の住所表示。そこにはいっさい覚えのない町名が記されていた。

「渋谷区緑町」

「本町《ほんまち》」の見間違いかと思って凝視したが、書かれているのは確かに「緑町」。初めて目にする町名で、いったいどのあたりを歩いているのか見当もつかない。

焦りからどんどん足が速くなる。友人三名も不穏な気配を察したのか、無言でそれについてくる。とにかくこの緑一色の街並みを抜け出そうと角を曲がると。

「あっ」

住宅の壁沿いに、一人の女が立っていた。先ほど公園で見たのと同じ、緑のワンピースを着た女だ。周囲は芝生と蔦ばかりなので、緑色の中に埋もれているように見えた。

それでも、ようやく出会えた通行人には違いない。

「……すいません」思わずクマダさんは女に質問した。

「初台の駅ってどこですか?」

女が無言で片手をあげたところで、ぎょっと驚いた。

その手に、一振りの鎌が握られていたからだ。鎌の先には、切ったばかりだろう蔦が数本絡まりついている。蔦の鮮やかな緑色が、夜の闇に浮かび上がっていた。

刺激しないように黙礼し、鎌の先が指す方へと歩を進めた。

前へ前へ、とにかくここから脱出しようと願っていると。ふいに目の前を自動車が走り抜けた。大きな道路を次々と車が走っていく。いつのまにか甲州街道へと出ていたのだ。

コンビニエンスストアの公衆電話からミニコミ編集部にかけ、道に迷った旨を告げる。

「もう二時間も経ってるよ。どこにいるの？」

確かに時計を見れば二時近く。そんなはずないと思いながら、コンビニの支店名を告げた。編集部の友人は、三分もせずに迎えにきた。そして呆れた顔で、こう言ってきたのだ。

「なにやってんの。うちのビル、この角を曲がったところなんだけど」

言うまでもないことかもしれないが。

後日調べてみたところ、渋谷区に緑町という住所は存在しなかった。

府中のミイラ

府中《ふちゅう》
京王線

ミイラに水をかける仕事があると知ったのは、ずいぶん昔のことだ。といっても、フミさんがその仕事をしていた訳ではない。がんばってミイラに水をかけていたのは、アキラくんである。

その頃、フミさんは遺跡発掘のアルバイトをしていた。なんとなく遺跡で作業している発掘班をイメージするだろうけれど、彼女もアキラくんも働いていたのは保管班。

二十五年経った今は無くなっているかと思うが、当時は府中のあたりに出土遺物の保管所があった。二人とも発掘現場ではなく保管所の方にいて、出土品をハケできれいにするといった作業をしていたのだ。

アキラくんは大学生で、年齢の近いフミさんとはよくおしゃべりしたり、お昼を食べたりするような仲だった。ただある時から、アキラくんは別の作業をすることになってしまった。彼が新しく担当したのは、遺体保管班。

遺跡から人骨が発掘されることは珍しくない。その中でも稀《まれ》に、本当にごく稀に、保存状態のおかげでミイラ化した遺体が発見されることがある。

もちろんエジプトや南米のミイラほど立派ではない。時代にしても縄文よりずっと新しいのだろう。その時見つかった遺体も、厳密にはミイラと呼べるものではないのかもしれない。

ただともかく、保管所の中でそれは「ミイラ」と呼ばれていた。

いずれにせよ白骨化する手前の、人のかたちをとどめた遺体として特別扱いされていたのは確かだ。保健所の敷地内に大型テントを建て、そこに遺体を安置する。そして劣化を防ぐため、全身に適度に水をかけていく。

専門家の検分が終了するまで、水かけ作業はずっと続けられる。しかも間を空けてはいけないので、男性アルバイト三名が二十四時間を三交代制で受け持つことになる。アキラくんはその遺体保管班へと志願したのだった。

「大変だけど、お金稼がなきゃいけないから頑張るよ」

最初は張り切っていたアキラくんだが、そのうちみるみる元気を失っていった。出退勤の時に見かけると顔色の悪さが目立つし、たまに話しかけても口数少なくぼんやりした返事を返すだけになったのである。

……あの、ものすごい匂いのせいだよね……。

フミさんはそう心配した。どうやらミイラというものは、水をかけ続けるうち悪臭を放ちだすものらしい。あまりに生々しく強烈な匂いなので、担当者には時給以外にも「匂い手当て」が支給されるほどだった。

フミさんも昼の作業中、例のテントに入ったことが一度だけあった。夏場だったためか、ミイラの激しい臭気がテント中に充満しており、逃げるようにして外に出てしまった。はるか昔の遺体から、どうしてあんな匂いが発せられるのか不思議でならなかった。

その日は、勤務終了後にバイト仲間数名で飲みにいこうとの話になった。そこにちょうど、日勤を終えたアキラくんがテントから出てくるのが見えた。

「あ、アキラくんも一緒に飲もうよ！」

あまり乗り気でない様子だったが、フミさんが強く誘うと同行を承知した。

しかし飲み会の最中も、アキラくんはずっと話の輪から外れていた。

座敷の隅で一人、静かに黙りこくっている。料理にも酒にもほとんど手をつけず、体育座りで膝を抱えている。見かねたフミさんはその横に入りこみ、声をかけた。

「どうしたの？　夏バテ？」

アキラくんは弱々しく微笑《ほほえ》みながら。

「いや、深夜勤の水かけがちょっとキツくて……」

「うんうん、わかるよ。暑いし、臭いし、夜中で気味悪いし。しかも一人きりでしょ。大変だよ。でも、匂い手当てがけっこう貰えるからいいじゃん」

わざと明るい調子で、発破をかけるような物言いをしたのだが。

「そういうことじゃなくて……いやそういうこともあるけど……なんていうか……」

アキラくんはもごもごと呟き、俯《うつむ》いてしまった。明らかに、なにかを言い淀んでいる様子だ。

「……なにかあったの？」声を潜めて訊ねてみる。

「実はさ……」アキラくんはこちらを見ずに訥々《とつとつ》と語りだした。

「夜中だけなんだ。夜中だけ、水をかけているうち、あの遺体の匂いがもっとキツくなる時があるんだ」

なぜかは知らないし、深夜勤のどのタイミングで起こるかもわからない。ただとにかく、ミイラの全身からより強烈な悪臭が漂いだすことがある。

そんな時、アキラくんはなるべく遺体の方を見ないようにしているのだという。

「いつも必ず、首が曲がるから」

気がつくと、動くはずのない首が、必ず自分の立つ位置に向かって傾いている。黒い顔が、こちらの正面にくるように。ただのつるりと乾いた窪みでしかない目を、自分に向けるように。

「見てるんだよ。眼球はもうないんだけど、じっと見られてる気がするんだ……いや絶対見てる……」

今まさにミイラがそこにいるかのように、アキラくんは両膝の間に、自分の顔を埋めた。なんと返せばいいかわからず、フミさんは無理やり話題を変えた。

それから少しすると、アキラくんは保管所に姿を見せなくなった。

誰にも挨拶せず、突然アルバイトを辞めたらしい。やがてミイラは別の場所に運ばれ、フミさんも遺跡発掘のバイトを辞めて定職に就いた。

二十五年経った今、アキラくんがどこでどうしているかはわからない。

元気でやっていればいいなと思う。

ただあのミイラは、今でもどこかに保管されているのだろう。

たまに誰かがそばにきたら、目玉の無い眼窩《がんか》でじっと、その人を見つめているのだろう。

三丁目の三怪

一回目の時は、まず強い雨が降りだした。

ミエさんが花園《はなぞの》神社に参拝した、その帰り道である。

突然の夕立なので傘を持っていない。新宿駅まで歩くつもりだったけれど、もう地下に入って、新宿三丁目駅から電車に乗ってしまおう。

都営新宿線は京王新線に直通運転しているので、そのまま調布駅まで帰ることができる。一駅分の初乗り運賃はもったいないけど、新宿駅の手前だから座れるだろう。

案の定、新宿三丁目駅にやってきた電車はシートに空きがあった。ミエさんはそこに座り、スマホに目を落とす。ドアが閉まる音。電車の走り出す音。そして車内のアナウンス。

……次は新宿三丁目、新宿三丁目、お出口は……。

あれっ、と思って顔を上げる。アナウンスの予告どおり、電車は新宿三丁目の駅へと滑り込んでいった。自分がつい先ほどまでいたのと、まったく同じホームに。

新宿
しんじゅく
京王線

なんだこれと混乱するうち、ドアが閉まって走り出す。車窓を暗闇が流れていくうち、「次は新宿、新宿」という当然のアナウンスが流れ、当然のごとく新宿駅へ到着した。

二回目の時も、同じく雨の夕暮れ時だった。

シートに座ってスマホを見ていたのも同じ。ただし走っていたのは逆方向。京王新線から都営新宿線に接続し、市ヶ谷駅を目指していた。

新宿を過ぎた電車が、新宿三丁目へと着いた。もう座席は埋まっているので、そこから乗ってきた人たちはシート前に並んでいく。ミエさんの前には、三人でおしゃべりしている男性グループが来た。

顔はスマホを向いているので、視界に入るのは彼らの胸から下。それでも服装や話し声から判断するに、ずいぶん若い男の子たちなのだろう。

と、そう思った瞬間、ものすごい眠気に襲われた。

ほとんど気絶するように意識が閉ざされた。とはいえ眠ったのは一瞬、首がカクリと垂れ下がりきる、その短い間だけだったはずだ。

おっと眠っちゃったよ、と目を開ける。

……次は新宿三丁目、新宿三丁目、お出口は……。

車内に響くアナウンス。え、あれ、なんで、と思ううち電車は駅に到着。ドアが開き、若い男の子が三人、おしゃべりしながら入ってきたと思うと、自分の前に並んでいった。三人とも数十秒前と同じ服装、同じ会話である。顔まで同じかどうか知らないけれど、電車はそのまま走っていった。


三回目も夕方で、小雨が降っていた。

ここでミエさんは決意した。このまま新宿駅で降りずに三丁目まで行こう、と。理由としては、新宿五丁目のイベント会場に行くのでその方が近いから。またなるべく雨に当たりたくなかったから。

そしてなにより、二回も続いた新宿三丁目駅のループを、今回きちんと確かめてみたかったからだ。

座席は空いているが座ってはいけない。スマホを見てもいけないし、寝てもいけない。なに一つとして絶対に油断してはいけない。初台を過ぎたところで、ミエさんはドアの前にすっくと仁王立ちになる。そして思いきり目を開き、扉上の案内表示器を睨みつけた。

「次は　新宿」

ＬＥＤの光で示された文字が、右から左へ流れていく。

かと思うと、突然その動きが止まり、光の粒がぱちぱちとランダムに点滅した。

ただそれはほんの一瞬だけで、すぐに新たな文字が浮かび上がった。

「次は　新宿三丁目」

思わず「ああ?」と声が漏れた。

新宿駅をすっ飛ばして、ワープした?　でもSF映画でワープした時みたいに歪《ゆが》んだのはLEDの表示だけで、車内はまったく普通のままだったよね。あと新宿駅で降りる人はたくさんいるはずなのに、その人たちはどこに行っちゃったの……?

混乱するミエさんをよそに、LEDの表示が変わる。

「反対側のドアが開きます」

軽快なチャイムとともに、背後でドアの開く音がする。しかしミエさんは呆然としたまま、降りるべき新宿三丁目で降り損ない、次の曙橋駅まで行ってしまったのである。

あのー

京王八王子
けいおうはちおうじ
京王線

母親の離婚と再婚により、タカシさんには一人目と二人目の父親がいる。偶然なのか母の好みなのか、両方ともに警察官なのだそうだ。そのうち二人目の父は、おかしな出来事によく遭遇するタイプだった。ただし母はその父とも離婚し、今では別々に暮らしているので、具体的な詳細についてはよくわからない。

現在、怪談に興味を持つタカシさんとしては、もっと色々聞いておけばよかったと後悔している。ただ一つだけ、はっきりと教えてもらった体験談があるそうだ。

父は八王子市郊外の駐在所に勤務していたことがある。

その管轄内には、とある大きな公園が含まれていた。もともとは山だったため、入り組んだ地形と深い木々に覆われており、事件や自殺の多発スポットでもあった。そのため父は毎夜、公園内を巡回するようにしていたのだが。

ある夜、自殺者を見つけたとの通報が入った。公園の奥の山道にて、首を吊った男がぶら下がっているのだという。父はすぐに教えられた場所まで向かった。しかし懐中電灯を照らしながら探索してみても、人影一つ見当たらない。

山道といってもぐるりと周れば終わりの短いルートである。道から外れた雑木林の奥なのかもしれないが、ライトを照らしてみても闇に吸い込まれるのみ。こんなところに死体があっても、通報者が発見できるはずはないだろう。

ともかく一通り探しても手がかりがないのだから仕方ない。いったんパトカーに戻ろう。

そう判断して父が振り向いたところ。

こつん、と肩になにかがぶつかった。とっさに懐中電灯を照らした先には、爪先があった。

黒い革靴が、宙に浮きながらこっちを向いている。

さらに電灯を上に向ける。

スーツを着た男の体、首から伸びたロープ、それが結ばれた木の枝が順々に見えた。

どうして気づかなかったのだろう。

今さっき、丹念にチェックしながら通り過ぎた道である。むしろこの細い山道で、こんな風にぶら下がった遺体を、ぶつかりもせず見落とす方が難しいのだが。

疑問点は他にもあった。男性がどうやって首を吊ったかわからないのだ。

踏み台になるようなものは見当たらない。木に登ったとも考えにくい。ロープが縛られているのは長く突き出た枝の先で、その上まで到達するのは無理だろう。

まったくもって不自然な首吊りだが、ともあれ遺体を下ろしてあげることが先決だ。パトカーに戻って、応援を呼ばなくては。

「あのー」

ふと、暗闇に声が響いた。

「あのー」

男の声が頭上から聞こえる。明らかに、自分に対して呼びかけている口調だった。

応答しないこちらに苛立《いらだ》つように、声のトーンが大きくなった。しかしそれでも無視していると、

「あのー！」

四度目の呼びかけは発せられなかった。

父は静かにパトカーへ戻って応援を要請し、男性の遺体は無事に下ろされた。

それから数日後のこと。

深夜、ふいに父の眠りが破られた。駐在所の外で、誰かが大声をあげて叫んでいるのだ。なんと言っているかは聞き取れないが、不穏な事態には違いない。

急いで外に出たところで驚いた。庭全体が炎に覆われ、真っ赤に燃え盛っているではな

いか。しかもその中に、一人の男が立っている。

公園で首を吊っていた、あの男だ。

「あのー！　あのー！」

火の海に包まれながら、男はそう叫び続けていた。


当時、過激派による交番や駐在所への放火が連続していたそうだ。庭から建物へと延焼してしまったが、発見が早かったため怪我人が出ることはなかった。あの叫び声のおかげには違いない。慌てて消火器を噴霧している間に消えてしまったが、助けてもらえたと捉えてよいのだろう。

しかし首を吊った男性がなぜ自分を助けてくれたのか。そしてなぜ「あのー」としか呼びかけてこなかったのか。それについては、父もいっさい見当がつかない。

彼らの棲み処

若葉台のマンションの、新築工事をしていた時だったという。

「十年ほど前かな。建物は完成していたけど、まだ部屋の中はからっぽの状態でした」

ユウイチさんの仕事はユニットバスの施工である。浴槽などを丸ごと入れ込む都合上、室内の仕切りがない段階のうちに設置しなくてはならない。

そこは四階の端で三方が外に面している、いわゆる妻部屋だった。

「すごいんですよ。玄関入って見える二面が、ほぼぜんぶ窓になっていて」

山を切り開いた高台なので、外の景色を遮《さえぎ》るものはない。明るい時間なら抜群の開放感と採光だったろう。ただその時は冬の夕暮れで、外はもうすっかり暗くなっていた。ユウイチさんはライトを点け、一人きりでユニットバス搬入の準備にとりかかったのだが。

しばらくすると、作業の手を止めて後ろを振り向いた。

――見られている、誰かに。

若葉台
わかばだい
相模原線

窓の向こうは、ひたすら黒一色である。それなのに、なにものかの強烈な視線を感じてしまうのだ。気のせいかと作業に戻るも、凝視されている感覚はいっこうに止まない。どころか、ますます強くなる。いや、「多く」なっていく。

窓ガラスのあちこちからたくさんの視線が突き刺さる。それがどんどん増えていく。見えなくても、確かな実感としてわかる。ほら、もう巨大な二面の窓いっぱいに、無数のなにかが貼りついて、じろじろじろじろじろ見つめているような。

圧力に耐えきれなくなったユウイチさんは、逃げるように部屋を飛び出した。

「その後は、上司に頼みこんで、一緒に作業してもらったんですけど……。他の現場でそんな風になったことは一度もないんですよ。あれはいったいなんだったのか」

このマンションでは他にもおかしなことがあった。物品や道具を置いたまま現場を離れると、いつのまにかそれらが消えてしまうのだ。あまりにも同じことが度重なるので、連続盗難事件として警察を呼ぶ事態にまでなった。

閑静なニュータウンである。工事現場に入りこむ泥棒がいるようには思えないのだが。

「新築マンションだから事故物件のはずがないんです。建っている土地も、山だったところを造成しただけだし……」

ここで怪現象が起こる理由など、まったく見当がつかないのだという。

そんなユウイチさんに、私は自分が思いついた意見を述べておいた。

五十年前、フジコさんは永山と若葉台の間の団地に住んでいた。多摩ニュータウンの開発が始まったばかりの時期で、その団地も新築に近かったのだが。

「小学二年生の時、母が離婚して出ていってしまったんです」

しばらくの間、寂しくて不安な日々を過ごしていた。そんな彼女のもとに、夜ごと奇妙なものが現れるようになった。

夜中に目覚めると、ベッドの横でなにかがぼんやり光っている。よく見れば、緑色の男の頭だ。男は心配そうな表情で、自分を見つめてくる。

「寝顔を見守る父親だったのでは？　と大人になってからよく指摘されますけど」

そんなはずはない。父はタクシードライバーで、夜中はいつも仕事に出ていたからだ。

同じことが三、四回も続くので、寝る時には小さな明かりを点けるようにした。

すると緑色の男は出てこなくなったが、代わりに廊下を誰かが歩くようになった。重い足音を響かせながら近づいてきて、部屋のドアの前でぴたりと止まる。

怪音が聞こえるたびに目が覚めるので、すっかり眠れなくなってしまった。

ある夜、足音が止まったところで、思いきりドアを開けてみた。廊下には人影一つなく、それ以降、足音が聞こえることもなくなった。

結局、その団地はしばらくしてから引っ越してしまったのだが。

「あの土地はなにかあるのでしょうか？　もともと大きな集落と墓地だったらしく、それを潰したことが関係しているのでしょうか？」

フジコさんは私に、土地の来歴についての調査を依頼してきた。

しかし地図を調べると、一九六〇年代末までこの一帯はひたすら山が続くばかりで、建物があった気配すらない。墓はともかく、大きな集落が存在したというのは、ただの噂に過ぎないだろう。ひとまずは、これという祟りめいた因縁は発見できなかった。

なので私からはまた別の意見を、フジコさんに述べておいた。


タムラさんは平成の初め頃、若葉台近くの大学に通っていた。

ニュータウンの団地群は完成していたが、若葉台周辺はまだ大規模造成が続いていた。山の斜面はどんどん切り崩されるものの、街並みは整えられていない状況である。

「建物といえば若葉台駅と車庫、ゴルフ練習場くらい。小田急はるひ野駅は影もかたちもありませんでした。だから夜にはもう真っ暗闇になってしまうんですよ」

それだけではない。造成まっ盛りのため、いきなり新しい道路が敷設されたり、工事の関係で道が付け替えられたりもする。

だからとにかく、よく迷う。スマホもない当時の学生たちは、若葉台の夜道で途方に暮れることがしばしばあった。その状況を、タムラさんたちはこう喩《たと》えていた。

「また狸《たぬき》に化かされちゃったよ、と」

ちょうどスタジオジブリ『平成狸合戦ぽんぽこ』が公開された頃だった。あの作品は堀之内近辺がモデルらしいが、描かれている開発状況は若葉台とよく似ていた。

タムラさんによれば、他にもこんな噂が流れていたという。

最終電車にて若葉台駅に帰った時、よく出くわす現象がある。電車を降りて改札に向かっていると、すぐ後ろをスーツ姿の男性がついてくる。飲み会帰りのサラリーマンだろうか、などと思いつつ改札を通り抜けたところ。

そこで改札口のシャッターが閉じられてしまう。自分が最後の乗客であり、後ろに男などいなかったのだ。

これと同じ現象は、若葉台駅だけでなく京王永山、多摩センターの駅でも起こっていたのだとか。噂の分布は広く、多摩大、大妻女子、駒沢女子、少し離れて中央大や明星大といった複数校の学生たちにまで語られていた。小粒な話だが、だからこそ多くの人の実際の体験談ではないかと思わせる信憑性がある。

ここで私は、タムラさんに自分の意見を述べた。

「それもまた、狸に化かされた……ってことじゃないですかね」

ユウイチさんとフジコさんに伝えたのも、同じ意見である。

ユウイチさんは「なるほど」と納得し、フジコさんによれば「確かに狸はよく見かけました」とのこと。

三人の話は時期こそ異なるものの、山を切り崩し、建物を新築したばかりのタイミングという点が共通している。それはつまり、狸たちが棲み処を失っていくタイミングだったということでもある。

そんな彼らが人間たちに対し、棲み処を奪われた復讐を試みたのかもしれない。

いずれにせよそれらは、ごくささやかな復讐に過ぎなかったのだけれど。

あいつがきた

タムラさんは平成元年、京王線沿線の大学に入学した。

ただ、その環境は少しばかり特殊である。これから語る怪談とも関わってくるので、まず簡単に説明しておこう。

そこは新設されたばかりの大学で、在学しているのは新入生のタムラさん世代だけ。

またその新入生たちも、付属高校から上がってくるものたちと、タムラさんのような外部からの受験組とで分かれていた。付属組は高校からの付き合いなので、既にコミュニティが形成されている。知り合いが一人もいない受験組にとっては、それなりの疎外感を抱いたようだ。

「付属組のやつらは、ちょっといけすかない印象でしたね」とはタムラさんの弁。

全員が東京出身者であり、こちらが受験勉強していた時も高校生活を謳歌していた連中だ。大学一年生にしては遊び慣れているし、恋愛についても自分たちより一歩リードしている。

京王永山
けいおうながやま
相模原線

若葉台
わかばだい
相模原線

僻《ひが》みだろうけれど、受験組の自分たちはどこか見下されているように感じていた。

一年の前期が終わり、夏休みに入る。付属組はサークルに恋愛にと楽しんでいるようだが、タムラさんのパッとしないキャンパスライフは淡々と過ぎていく。そして夏休みも終わり九月の後期を迎えて、わずか二日目のこと。

その事故は起きた。

芹沢《せりざわ》という男子学生がバイクを走らせている途中、大学近くのカーブを曲がり切れずに転倒。直後に立ち上がり、警察の実況見分に対応していたので大事ではないと思われた。しかし念のため入院したところ三日後に容体が急変。そのまま亡くなってしまったのだ。

芹沢は付属組の中でも人気のあるプレイボーイだった。前期だけで学内に五名の恋人をつくり、またそれが公然の関係として周知されていたほどの有名人。

そんな彼の突然の死に、多くの同級生たちが動揺し騒ぎたてた。

「ただ自分としては……正直、それほどの感慨はなかったんですよ」

イケてない側のタムラさんにとって、芹沢もその周りの華々しいグループもいっさい関わりがなかった。接点があるとすれば、タムラさんが好意を寄せていた子が、芹沢の何番目かの彼女になってしまったという苦々しい思い出だけだ。死んだことは可哀想だけれど、どこか遠いところで起こった悲劇にしか感じられなかったのである。

そして時が経ち、学生たちは二年生となる。その頃にはもう芹沢の死について語るものはいなくなり、タムラさんもすっかり忘れ去っていた。

そんな六月のある日、思わぬ人物から思わぬ誘いを受ける。

「タムラさあ」と声をかけてきたのは、付属組の西川。

「麻雀のメンツが足りないんだけど、入ってもらってもいいか？」

小さい大学なので互いに面識はあるが、クラス飲み会ですら話したこともない間柄だ。しかも他のメンツは、やはり付属組の北原と南谷だという。

全員が芹沢と仲の良かった、学内トップクラスの遊び人グループである。彼らがなぜ自分のようなものに声をかけてきたのか、タムラさんも少々混乱したのだが。

「ちょうどバイトもないから……まあいいよ」

その夜、西川のアパートに集合することとなった。京王永山駅近く、おしゃれで築浅の建物。学生にしてはかなり家賃の高そうな部屋だった。

タムラさんはベランダの掃き出し窓の前に座らされた。コタツテーブルの雀卓を囲んで、左に北原、右に南谷、真向いの対面《トイメン》には西川。また西川の恋人の中山さんも同席していた。

麻雀が始まっても彼女は西川のそばを離れず、べったりその背中にくっついている。

けっ、なんだよ。

心中で悪態をつきながら打ちはじめた麻雀だったが、しばらくして違和感に気づく。まったくもって勝てないのだ。こちらの手が出来る前に、三人の誰かが異様なほど早く上がるか、リーチをかけてくる。しかもその三人の間ではいっさい振り込みが発生しない。タムラさんがいくら突っ張ろうとベタ降りしようと、いつも最下位を引かされる。三人の腕はそれほど上手くないのに、半荘《ハンチャン》五回を終えて自分がすべて四着はありえない。

間違いない。ハメられたのだ。

トリオで協力プレイをされている上、事前になんらかの仕掛けを打ち合わせていたのだろう。また三人の方も次第にそれを隠す気がなくなったようで、「明日は雨かな」「きっと天気だろう」と『麻雀放浪記』の有名な通しサインを交わしながら笑っている始末。

こちらの負けはもう三万円を超えている。学生にはそうとう痛い金額だ。とはいえ協力プレイに気づいたところで、それをイカサマだと告発するのは難しい。苦々しい気持ちでゲームに臨んだタムラさんだったのだが。

明け方が近づいた頃、ついにチャンスが訪れる。タムラさんの親番で、三暗刻《サンアンコー》・タンヤオ・ドラ3。リーチでツモれば親の倍満だ。

「……リーチ」

大物手とバレないよう、なるべく穏やかに宣言する。下家《シモチャ》の南谷は安全牌で逃げたが、対面の西川は勝負してくるはず。さあ振り込んでくれよ……とその顔を見つめていると。

「そういえばさ」西川は牌をツモりもせず、突然、妙なことを言い出した。

「芹沢が死んでから、また次の夏になるんだよな」

「そうだなあ……」と、北原や南谷もしんみりとした様子になった。西川にはりついた中山さんも、目線を落とし俯いている。

三人とも高校時代からずっと芹沢とつるんでいた間柄だ。中山さんにいたっては、もともと芹沢と恋人関係だった。その死後に西川と付き合いだしたのは、同級生なら誰もが知るところだ。彼らが芹沢を追悼することについて、確かに共感できなくもないのだが。

……別に今じゃなくたっていいだろ……。

いいから早く牌をツモって切ってくれよ。こちらはそう焦っているのだが、西川はいっこうに手を動かさず、それどころかこちらをじっと見つめて。

「タムラさあ。こんなことがあったの知ってるか」

昨年夏の、芹沢にまつわるエピソードを語りだしたのである。

「去年の夏休み。芹沢はうちらとは別の友だち二人と、バイク旅行に出たらしいんだよ」

二人の男友だちを仮にＡ・Ｂとしておこう。

やはり付属高校の同級生で、西川たちとも面識があるそうだ。

「二人とも内部進学せず別の大学にいったけど、芹沢はまだ付き合ってたみたいで」

そんな三人が千葉の房総《ぼうそう》半島へとツーリングに出かけた。ついでに海水浴も楽しむつもりだったが、当時の外房《そとぼう》は八月ともなれば大変な混雑に見舞われる。九十九里浜《くじゅうくりはま》をずっと移動したものの、どこもウンザリするほど家族やカップルでごった返していた。

「だから芹沢たち、房総半島のずっと先まで足を延ばしたんだって。そしたら」

隠されたような、小さな浜辺を見つけた。周りはほとんどが岩場で、砂浜部分はひどく狭いのだが、その代わり誰の姿もない。

――めっけもんだな。ここでいいじゃねえか。

穴場を見つけた三人は、そこで思うぞんぶん水遊びを楽しんだ。

そうこうするうち芹沢はＢと浜に上がり、日光浴でもしようかと岩場に寝そべった。

――おいおい、あいつなにふざけてんだ。

ふと気づけば、Ａが海の中でバシャバシャともがいている。最初は溺れたふりをしているのかと笑っていたが、どうもその様子が尋常ではない。慌てた二人は、急いでＡのもとへ泳いでいった。暴れまわるＡを押さえつけ、その両脇を抱える。

そこで見たのだという。芹沢もBも、そして当のA本人も。

水中でもがくAの足。その足首を、黒い手ががっしりと掴んでいるのを。

パニックになりつつ、なんとかAを抱えて海岸にあがる。砂浜に倒れ込んだAの足首には、手形の跡がくっきりとついていたという。

恐怖に駆られた三人はすぐにバイクへ戻り、東京へ帰っていった。

しかし一週間後。Aはバイクで事故を起こし、そのまま死亡してしまう。

さらに一週間後。Bまでもがバイク事故にて死んでしまったのである。


「おいちょっと、なんだそれ。二人も続けて死んだのかよ？」

予想外の展開に、タムラさんは思わず話に割りこんでいった。

「ああ、それが八月の終わり頃で……」それを無視して、西川は淡々と言葉を重ねる。

「俺たちも、二人目の通夜は行ったんだよな。そいつとは割と仲が良かったから」

西川の目配せに、北原と南谷がこくりと頷《うなず》いた。

「そこで芹沢に言ったんだ。『二人続けてバイクで死ぬなんて、絶対祟られてるだろ』って。そしたら芹沢が深刻な顔して『実は……』ってさ」

先ほどの房総半島での体験談を、打ち明けてきたのだという。

――じゃあAもBも黒い手の祟りで死んだってことじゃん――だとすると次は芹沢の番じゃねえか――今すぐ神社にお祓いにいけよ――いや宜保愛子さんに連絡とろう――。

その場にいた全員が、口々に意見を述べあった。しかし当の芹沢はやけに落ち着いた表情で、誰の意見も聞かず、独り言のようにこう呟いたのだという。

――もう遅いから、無理。

芹沢はもう、覚悟していたのだろうか。彼はそこから数日かけて、五人の恋人たちに次々と会っていった。その全員に対し、「なにも聞かずに別れてくれ」と恋愛関係を清算するためである。そうして九月となり、前期が始まった二日目に。

「あいつもバイク事故で死んじゃったんだよなあ……」


……いったいなんの話をしているんだ?

タムラさんは苛ついた気持ちで、しんみりと俯く四人を見つめた。

確かに不思議なエピソードだし、同級生の死にそんな背景があったことには驚いた。しかし今する話ではないだろう。今はとにかくさっさと牌を切ってくれ。

倍満テンパイの手牌と、対面の西川をちらちら交互に睨みつける。しかし四人とも黙りこくったまま、いっこうに麻雀を再開しようとしない。

「まあ、とにかく……」

しびれを切らしたタムラさんが身を乗り出して声をかけようとした、その時。

西川が勢いよく顔を上げ、正面を向いた。なぜかその目は、異様なまでに大きく見開かれている。一瞬こちらが睨まれたのかと思ったが、そうではなかった。彼の視線は、自分からほんの少し逸れた斜め後ろに注がれている。

続けて西川は、すうっとその方向を指さし、声を震わせた。


「あいつがきた」


気がつけば、北原も南谷も中山さんも、やはり大きく開いた目でまったく同じところを見つめている。自分の斜め後ろ、ベランダに続く掃き出し窓を。

え……?

ふと、ひどく冷たい空気が背中にあたった。

全員タバコを喫《す》うので、窓を開いて網戸だけにしてあった。だから外から風が入ってくるのはわかる。しかしこの風は、六月の蒸し暑い夜にまったくふさわしくない。

冷房を最強状態でフル回転した時のような。雪山の頂上から一気に下りてきたような。

激しく凍てついた風が、背中に突き刺さってきたのである。

同時に、なにかやわらかいものが自分の後頭部を撫でた。

とっさに振り向く。レースのカーテンが煽《あお》られ、はためいているのだ。風はさらに勢いを増し、カーテンを真横になるまで持ち上げていく。

そこで窓の外が視界に入った。しかし見えたのは夜の闇でなく、目が眩《くら》むほどの光だった。大きくて白い光の塊《かたまり》が、ベランダのすぐ先で輝いている。

近くに街灯もないし、ここは二階なので電車や自動車のライトで照らされるはずもない。ふいに現れた、意味不明の光。この冷たい風も、そこから吹いているような気がする。

唖然としつつタムラさんが前に向きなおると、四人の様子はさらに尋常でなくなっていた。北原の唇がわなわなと震えている。南谷は拝むように両手を合わせている。中山さんはその両目を、飛び出さんばかりにまんまるくひん剥《む》いている。

そして西川は呆けたような声を漏らした。

「せりざわ……」

タムラさんは訳もわからず、ひたすら前の四人と後ろの窓とを、交互に何度も見返した。おそろしく長い時間に感じられたが、十秒ほどの出来事だったのだろう。だんだんと風がおさまりカーテンが下りてきて、光もゆっくり消えていった。

網戸の外は、もうなんの変哲もない夜空があるだけ。

「……帰ろうか」

誰かがそう呟いて、麻雀はお開きとなった。清算しようと言い出すものもなく、タムラさんの負けはチャラとなった。

「なにがなんだかサッパリでしたけど。とにかく三万円払わなくて済んだと思って、さっさと部屋から出ていきました」


タムラさん自身の身には、これ以上なにも起きていない。

ただこの日を境として、大学に奇妙な噂が生まれることとなる。

……また芹沢が現れたらしいよ……。

芹沢の友人や恋人、通っていたサークルのメンバー。それまで芹沢と面識のあった人々——タムラさんが好きだった女子も含め——の元に次々と「芹沢が現れる」というのだ。

真偽不明の噂である。タムラさんも本人たちから話を直接聞いた訳ではない。いったい彼らが具体的になにを見たのかも不明だ。生前の姿の芹沢なのか、あの白い光なのか。

とにかく何度も何度も体験者を変えて、キャンパスを似たような噂が流れていく。

芹沢がまた、あの人のところにも現れたらしいよ、と。

……ちょっと前は友だちの○○君でさ……三日前は付き合ってた××ちゃんのところに来たってさ……。

そうした噂は、タムラさんたちの卒業までずっと、途切れることなく囁《ささや》かれ続けた。

あいつがきた理由

先述の話を取材し終えた後、私はタムラさんに対して、次のような感想を告げた。

「これはあくまで私個人の考えですけど……」

この話には「嘘」が混じっているのではないか。それも主観の相違や記憶違いといった類のものではなく、故意に人を騙そうとした真っ赤な「嘘」が。

もちろんタムラさんの実体験には、そのような「嘘」は感じられない。私と彼はもう十年以上の付き合いだし、熱烈な実話怪談ファンであるタムラさんが、ゼロから創作したような虚偽を披露するはずがない。

私が「嘘」ではないかと感じたのは、芹沢の体験談——つまり西川が麻雀中に語った怪談である。西川が「嘘」をつき、残りの三人もそれに加担した。大学二年生のタムラさんは、その「嘘」をすっかり信じてしまった。

「あの話、色々な意味で実話怪談のように感じられないんですよね」

京王永山
けいおうながやま
相模原線

若葉台
わかばだい
相模原線

まず、海中で謎の手に掴まれて溺れる……というシチュエーションがどうにも実体験談らしくない。本書読者ならご存知のとおり、これは一九八〇年代に広く語られていた怪談の典型パターン。個人の体験を取材した実話怪談ではなく、我々が「都市伝説」と呼ぶジャンルの、噂ばなしとしての怪談である。一九九〇年の初夏、西川はこの都市伝説をアレンジし、自作のストーリーを創作したのではないか……。

当時の噂ばなしと似ているからといって、すなわち実体験談ではないと断定するのは早計だろう。しかし疑問点は他にもある。Aの足首を黒い手が掴んでいるのを、本人と芹沢とBはどうやって確認したのだろう。水面からその様子が見えるほど房総の海の透明度は高くない。暴れるAの体が海上に飛び出た際、それを掴む黒い手も見えた？　いや、肩や腕といった上半身ならともかく、足首となると全身がひっくり返らなければ無理である。

私としてはまず、この不自然な状況を聞いた時点で、創作ではないかとの疑念が生じた。とはいえここまでなら、海で溺れたことは実体験であり、そこに誇張・改変が加わっただけと信じられなくもない。

しかしその後一週間ごとにA・Bが死亡したこと、それも同じバイク事故によってというのは、あまりに話として出来過ぎている。芹沢まで含めれば三人の連続死であり、ここまで大きな事態が語られるのは、実話怪談としては希少過ぎるだろう。

もちろん、芹沢がバイク事故で死んだことは事実だ。それはタムラさんや大学全体に知れ渡った情報であり、疑う余地もない。

「でも西川は、そこから創作した怪談をタムラさんに語ったんじゃないですかね」

なぜそんなことをしたかの理由や動機はいくつも思い当たる。まずはタムラさんが大物手をリーチしたので、対策する時間を稼ぐためというのが一つ。タムラさんも違和感を覚えたとおり、そのタイミングで奇妙な話を語りだした不自然さについては説明がつく。

ただそれ以上に、愉快犯という要素が強いだろう。おそらく西川ら四人は、これまで同じ話を複数回にわたり披露していた。芹沢の死をネタに創った怪談ばなしで、人を脅かして楽しんでいた。そこには彼らの芹沢に対する、純粋な友人同士と言い切れない微妙な関係性もあったはずだ。芹沢の元恋人が西川の彼女となっていることからも、そうした暗い影は窺《うかが》える。

例の麻雀の夜も、いつもの調子で嘘の怪談を語り、なにも知らないタムラさんをからかおうとしたのだろう。それはただの歪んだ悪ふざけだった。だが、しかし。

そこに本当に、なにかが現れてしまった。

そのなにかが芹沢だったかどうかは、わからない。とにかくタムラさんが証言する事実として、強烈な冷たい風が吹き、白い光が窓の外に見えた。実際に起こった出来事は、それだけと言えばそれだけだ。

だがタムラさん以外の四人にとっては「芹沢が現れた」。少なくとも彼ら自身はそう判断し、心の底から震えあがった。自分たちの嘘が本当になってしまったことを激しく恐怖した。タムラさんから騙し取った三万円など、どうでもよくなるほどに。

もちろんこれは、私の個人的な感想だ。

「言われてみれば、そうかもしれませんね。自分はすっかり、西川の怪談は本当の話だと信じてたけど……」

タムラさんも納得してはいたが、三十五年前の事実などもうとっくに藪《やぶ》の中である。

とはいえ、いずれにしても同じことなのだ。西川の話が、本当に芹沢から聞いたものであろうと、それとも真っ赤な嘘であろうと、最も重要な点に変わりはない。

あの麻雀の夜、怪談が語られたことによって「芹沢が現れた」。さらにその後も「芹沢が現れた」怪談が、人々に伝染し語り継がれていった。それは否定しようのない事実である。

芹沢は確かに、現れたのだろう。彼を怖れる人々のところに。

卵と酒の木

―高尾山麓で生まれ育った五十代の女性から聞いた話―

高尾山口
たかおさんぐち
高尾線

人生のごく早いうちに哀しいことが起きて、故郷を離れてしまった。追憶の中の景色は翡翠《ひすい》色をしている。それは薄靄《うすもや》に霞む森の色だ。樹々や畑を間に挟みながら民家が点在する界隈に、私の家があった。いつも山を身近に感じていた。

山頂の薬王院《やくおういん》には年に五、六回も家族で参詣してきたが、この辺りでは、それは少しも特別なことではなかった。子ども会や学校の社会科見学などでも何度も山を訪ねたものだ。

高尾山には山伏《やまぶし》修行をする人がいる。

彼らは自然に宿る仏性《ぶっしょう》の声なき声に耳を傾けつつ、山野を歩き、木の根を枕にして修行するのだと物心ついた頃から教わってきた。

だから、家の近所で土に汚れた白装束の男たちと道で擦《す》れ違っても不審に思うこともなかった。わざわざ話しかけはしないが、からかいもせず、景色の一部として遇していたように思う。

今から四十年ほど前のことだから最近はどうだか知らないが、私は山伏を小学校の通学路で早朝に目にすることが多かった。

小五のときのある朝、通学路の坂道沿いに昔から生えている一本の杉の木を山伏たちが拝んでいることに気がついたときも、初めは気にならなかったのだ。

それは、この辺りではひときわ目立つ巨木だった。根もとに洞《うろ》が出来た大きな古木であること以外は、何ら由緒もない、ふつうの杉の木だったはずだ。

だが、ある朝、その洞に向かって手を合わせる山伏を見て、またしばらくすると別の山伏がその木に向かって念珠を擦《こす》り合わせているところに行き会って……といった具合に、急に御神木扱いされだしたことがわかった。

やがて、その木の洞に菊の花束とお神酒《みき》が供えられるようになった。

木立ちに囲まれた薄暗い坂道で、鮮やかな白や黄色の花束は人目を惹く。

たちまち家族の間で話題に上がり、同居していた父方の祖母は遠い記憶を手繰《たぐ》り寄せて、あの坂は「まむし坂」と呼ばれていたはずだと言った。

「今でもそう呼ぶ年寄り連中はいるかもしれないよ」

しかし父は「そうかもしれないが、まむし坂と言ったら府中のまむし坂が有名だ。きっと全国にまむし坂があって、八王子だけでも幾つもあってもおかしくない」と言った。

祖母は代々この辺りに住んできた家の出で、父も地元っ子だ。祖父は若くして病死していたが祖母と同じ集落の生まれだと聞いている。

「名前の怖さでいえば首さげ坂の方が恐ろしいわ」と母が話を混ぜ返した。

母は市外から来た人だった。

「あれって、八王子城で討ち取られた人たちの生首が通った道だから首さげ坂と呼ぶんでしょう? 近くに団地も出来たというのに、どうして名前を変えないのかしら。気が知れない」

「歴史があるからね」と父が母をなだめたが、母にも一理あった。

塾で知り合った同級生が件《くだん》の団地に住んでいて、遊びに行ったときに、三角形の頭巾を被った人が団扇太鼓《うちわだいこ》を鳴らしながら歩いていくところに遭遇したことがあった。

衣装から推《お》してお坊さんのようだったが、たった一人で太鼓をドンドコ鳴らしながら森の奥へ入ってゆくのは、如何にも面妖だった。

「あっちは首さげ坂だよ」と同級生が怖そうな口ぶりで教えてくれた。

「八王子城で殺された北条《ほうじょう》氏の怨霊を鎮《しず》めに行くんだと思う」

後をつけてみようと提案したら、引き留められた。

「もうすぐ夕方だし、祟られるといけないから、やめよう」

あのときは、祟られるなんてありえないと思って、私は笑い飛ばしたのだ。

――でも、そういうこともあるのかもしれないと五十歳を過ぎた今では思う。


坂道の杉の木が山伏に御神木扱いされだして間もなく、学校から帰ると、母がビニール袋に入った生卵と清酒の瓶を私に見せて「貰ってきちゃった」と言った。してやったりと言わんばかりの、得意げな表情だった。

「あの木の洞にあった。今朝供えたばかりみたいだったから新鮮よ。花は置いてきたわ」

お神酒は父の晩酌に供された。

卵は四つあった。祖母も含めてうちは四人家族だから、一つずつ食べられるわけだ。

「明日も置かれないかしら」と母は嬉しそうに言った。

父は住宅に窓枠を取りつけるサッシ職人で、一人親方として方々の建設現場へ出向いていたけれど、真面目で融通が利かない性格が災いして、当時は仕事を干されていた。

祖父が家を遺《のこ》してくれたのは幸いだったが、家計が苦しかったのだと思う。

母は洞のお供え物を盗むようになった。初めはパートからの帰りがけに。やがては毎日。

私も十歳児なりに我が家が貧しいことを察していた。

だから母を責める気にはなれなかったのだが。

ひと月ぐらいすると、いつだったか首さげ坂のそばで同級生と見たのと同じ頭巾を被ったお坊さんが団扇太鼓を鳴らしながら家の門前にやってきた。

春の明け方で、白い靄が薄くたなびく中を歩いてきて、ドンドンドンドンと太鼓を打ちながら声高く読経している。

この周辺には我が家の他に民家がない。

私の家に聞かせるためにお経を上げているのだ。

「うるさい！」と父が家の窓を開けてお坊さんに怒鳴った。

読経と太鼓の音は遠ざかった。

でも、お坊さんが私の心に置いていった後ろめたさは去らなかった。


その朝、学校に行くときに坂道で遭った山伏のようすもいつもと違った。

木の洞の前から私を振り返り、強い眼差《まなざ》しで凝視してきたのである。

背筋が冷たくなり、私は坂道を転がるように駆け下りた。

坂の途中で振り向くと、こちらを見つめたまま道の真ん中にじっと佇んでいた。山伏は力むあまり、まばたきをしていなかった。まるで蛇のような眼。私は慌てて逃げた。


その夜、父と母が大喧嘩した。

今までは口争いすらしたことがなかったのに、物を投げ合って激しく諍《いさか》っていた。

祖母が止めに入ってもきかなかった。

「怪我するといけない。あんたは自分の部屋にいなさい」と祖母に言われて子ども部屋に逃げ込んだ。

それからというもの、夫婦喧嘩が絶えなくなった。

母が例のお神酒を夕食のときに父に呑ませ、するとスイッチが入ったかのように父が鬼の形相で暴れだすのがいつものパターンだった。

母は相変わらずお供え物を盗んでいた。

私は頭巾のお坊さんと山伏のことが忘れられず、何度か「やめなよ」と母をいさめたのだが、結局、母のお供え物泥棒は父と離婚するまで続いた。

その年の秋、父が朝から酒浸《びた》りになるのと前後して、祖母が心不全で急死した。心労が崇ったのだと思う。

そして私が六年生に進級する春休みに両親は離婚。

母は八王子市内のにぎやかなところにアパートを借りて働きだし、一年後に再婚した。

母の再婚相手も市内に一戸建ての家を持っていたが、同居しはじめて間もなく、その家が不審火で全焼してしまった。

仕方なく母方の親戚の家に身を寄せている間に、実父が失踪したとの報せを受けた。

義父が家を再建すると、また一緒に暮らすようになった。

しかしそれも長くは続かず、再婚から四年後、母と義父は連れ立って出掛けていったきり蒸発した。

母、実父、義父。三人とも姿をくらました原因がわからず、行方不明のまま今に至る。

私は天涯孤独の身となった。


この夏、数十年ぶりに高尾山を登拝して、山伏の装束を身に着けた烏天狗《からすてんぐ》の像を見たら、忘れていた罪と哀しみが胸に蘇った。

ついでに昔の家の方まで足を伸ばしてあの木を捜してみたけれど、伐られてしまったのだろうか。見つけることは出来なかった。
坂道はあり、夕陽に照らされていた。
下りはじめたそのとき、足もとの地面に伸びた私の影の中を小さな蛇が横切った。
途端に、大いなる存在に赦《ゆる》されたかのような解放感を覚えた。
すべては取返しのつかない遠い過去のこと。
でも幸せな子どもとして、弾む足取りでこの坂を歩いた日々も確かにあった。

――畏《おそ》れを忘れた罰を私たちは祟りと呼んできたのだろうと彼女は言う。

沼の女

現在の相模原市緑区から高尾方面へ抜ける道のそばに、かつては沼があったという。

「……いや、ひょっとすると今でもあるのかもしれませんが、私が中一になった頃に有刺鉄線が張り巡らされて入れなくなって、その後どうなったかわからないんです」

その男性によれば、これは今から四十年ほど前の出来事だ。

「町田街道沿いにブラックバスが釣れる沼がありました。無料で開放されていたので、小学校の同級生同士で誘い合ってそこへ釣りに行くようになったんです。

私が初めて行ったのは小五の春だったと思います。噂を聞きつけて友だちと三人で行ってみたら、街道からチラチラ光る水面が見えて、簡単に岸まで下りて行けました。

沼の直径は三十メートルか四十メートルか……。大きくないけど良い釣り場でしたよ。手前の方は岩や何かもあって釣りやすかった。先客が二、三人いて釣り糸を垂らしていま

高尾山口
たかおさんぐち
高尾線

したっけ……。

でも、奥の方には葦《あし》が生い繁っていて、陸の境目が曖昧になっていました。

そっちには、ポツンと一人、佇んでいるきりでした。

葦が邪魔しているので腰から上しか見えませんでしたが、髪の長い若い女の人で、ただぼんやりと沼の景色を眺めているようでした。

私たちは彼女のことを気にせず、夕暮れまで釣りを愉《たの》しみました。

数日後に再び行ったときにも、三度目に訪れたときにも、同じ女の人がいました。

その後も……真冬を除いて月に二、三回も通っていたと思うのですが、その人はいつも独りぼっちで、何をするともなくぼんやり立っているだけでした。

小六の十一月、「今日で今年は終わりにしようや」などと友人たちと話しながら釣りをしているとき、木枯《こが》らしが吹いて向こう岸の葦を大きく揺らした拍子に……彼女が腰まで水に浸《つ》かっていることに初めて気がつきました。

向こう岸ではなく、葦の間に突っ立っていたんですよ。

怖くて逃げ帰り、明くる年の春先に久しぶりに行ってみたら、鉄条網で囲われた沼の葦の中にまだ立ちつくしていたので、あの辺りに近づくのもやめてしまいました」

とびだし注意

仕事がないときは愛車でドライブを愉しみつつ、通勤には電車を使うことにしているという人は多い。神奈川県在住の彼もその一人。

二十歳の頃から好んで車を運転し、何台か乗り換えてきた。幸い年齢と比例して収入が上がってきたので、三十八歳の今乗っている車がこれまでの中では最も高級な良い車だ。

一昨年の年末最後の出勤を終えて、自宅に帰るとすぐに彼は車で出掛けた。

住んでいるマンションは橋本駅の徒歩圏内だ。独身にありがちなことで、彼も食料や日用品の買い置きをあまりしない。だから平日の帰宅後にコンビニなどに買い物に行くことも珍しくないわけだが、彼の場合は、ついでに車でひとっ走りするのが常だった。

今回も食べ物を切らしていたが、それを口実にドライブを愉しみたかったのだ。

国道十六号線で八王子街道方面へ車を走らせた。橋本から二十分少々の場所に二十四時間営業のスーパーマーケットがある。片道九キロぐらいの道筋だ。

橋本
はしもと
相模原線

深夜だから道路は空いていた。

予定より早く着きそうだと思いながら快適に車を走らせて、道程の中ほどまで来たときに、突然、前方に緑色に光る物体が現れた。

まだ点のようにしか見えない。だいぶ離れているが運転席の真正面だ。

減速しながら目を凝らすと、鮮やかな原色の青と黄色で上下に塗り分けられたツートンカラーの球体のように見えてきた。

スピードを落としていたら、隣の車線を走ってきた中型トラックに追い越された。

中型トラックは、速度を緩めることなく、問題の光の横を素通りしていった。

——目の錯覚だろうか?

自分の感覚に自信が持てなくなり、彼はますます速度を落とした。

じりじりとそれに近づいてゆく。

青い光と黄色い光に挟まれた球体の中心に、何かある。

後になってみれば魅入《みい》られていたとしか思えなかったのだが、彼は徐行しながらそれに向かっていった。

だから、球体の真ん中にあるのが人の頭だと気づいたときには、避けようがないほど接近してしまっていたのだ。

ハンドルを握っている彼の目の高さに、そいつは浮かんでいた。

青い光と黄色い光を光背《こうはい》のように背負った、若い男の生首だった。

前髪を真ん中分けにした標準的な日本人としか思われない顔立ちだが、激しい驚愕を表して目と口を大きく開いている。

それがフロントガラスを擦り抜けて車内に侵入してくると、彼の左耳をかすめて後方へ飛んでいった。

擦れ違った刹那に、古い記憶が蘇った。

運転免許を取ったばかりの頃、助手席に友人を乗せてこの道を車で走った。

日曜日の昼下がりだった。そのとき、ちょうどこの場所で、子どもが車の前に飛び出してきたのだ。

鮮やかな青と黄色のツートンカラーのシャツを着た、小学生くらいの男の子が縁石の方から走ってきた。

その子は衝突寸前にこちらを見た。絶望の瞬間だった。彼は悲鳴を上げて急ブレーキを踏んだ。

その直後、助手席の友人が「どうした！」と彼に言った。

「子どもが！」と彼は叫び返した。だがひどく混乱していた。撥《は》ねたにせよ轢《ひ》いたにせよ、何ら衝撃が伝わらないなどということがあるだろうか、と。

「誰もいなかったよ」と友人が言った。

「……そうだな。何も手応えがなかったもんな。でも、飛び出してきたと思ったんだ」

「幽霊じゃないか？」

友人は半笑いの表情でそう言った。


あの子は本当に幽霊だったのだと、彼はあらためて確信したのだという。

過去に、青と黄色のシャツを着た小学生の男の子がここで車道に飛び出して、車に撥ねられたことがあるに違いない。そして幽霊になったのだ。

さっき視《み》たのは、そのとき車を運転していた若い男の顔なのだろう。

事故の瞬間の表情で、被害者の少年の服の色をした光と共に現れた。

もちろん、それが本当だという保証はない。直感に過ぎないのだけれど、考えれば考えるほど、彼にはそうとしか思えなくなってしまったのだという。

——この話を聞いているうちに、若い休日ドライバーが男の子を車で撥ねる事故の一部始終が、奇妙なほど鮮明な映像となって、私の脳内にも再生されはじめた。

烏山

千歳烏山
ちとせからすやま
京王線

芦花公園
ろかこうえん
京王線

東京の町には関東大震災の爪痕が未だに残る。犠牲者の慰霊碑など平和を祈念する物が今も数々あり、たとえば京王線芦花公園駅と千歳烏山駅の中程にある烏山神社の椎《しい》の木もその一つ。これは震災直後の朝鮮人虐殺事件を受けて植樹されたものだと言われている。

烏山といえば、烏山寺町も関東大震災と深い関わりがある。

関東大震災では、浅草、本所、築地、麻布、新宿、渋谷など都内各地の寺院が不可逆的な被害を受け、復興に伴う移転を余儀なくされた。

その結果として烏山寺町は形成された。

現在も同町内には震災後に移築された二十六軒もの寺院が建ち並び、「小京都」とも称される日本情緒溢れる景観を地域にもたらしている。

烏山寺町と旧甲州街道を繋ぐ道を寺町通りという。

――今から十五年ほど前、当時二十五歳だった彼女がアルバイトをした郵便局は、寺町通りと旧甲州街道の交差点付近にあった。

その頃、彼女は失業中で、祖母の持ち家に住まわせてもらっていたので雨露《あめつゆ》はしのげるものの、祖母も年金暮らしで貯蓄も無く、生活は困窮していた。

見かねた友人が紹介してくれたのが、このバイトだった。

仕事内容は郵便仕分け。友人は件の郵便局の近所に住んでいて以前からここでバイトをしており、「誰でも出来る単純作業で一日一万円の日当が出る」と彼女に保証した。

ちょうど七月を目前にしていた。同月一日から十五日がお中元や暑中見舞いの時季で、夜間の郵便仕分けバイトを急募しているということだった。

同居している祖母の家は北区にあり、通うとしたらＪＲと京王線を乗り継いで通うことになるが、交通費も支給されるという。

友人が同じ職場にいる点も心強い。喜んで応募し、幸い採用された。

しかし、いざバイトが始まってみると想像していたよりも大変だった。

確かに作業内容は至ってシンプルなのだが……。ベルトコンベアで流れてくる郵便物の種類と配達エリアを見て、仕分けしながらプラケースの箱に入れ、箱がいっぱいになったら所定の場所に置きにいくだけだ。

だが、これを延々と繰り返す。作業中は立ちっぱなしで一瞬も気を抜けず、同じ動作を反復するうちに次第に頭がボーッとしてきた。

同僚と雑談する暇もなかった。バイトを紹介してくれた友人とも休憩時間と行き帰り以外は会うことが出来なかった。棚やパーテーションで区切られたコーナーごとに作業内容が異なり、友人は別のコーナーで彼女とは違う作業に就いていたのだ。

彼女は、この仕事に適性があるとは最後まで思えなかったとのこと。

何より孤独が辛かったとか。しかし一日一万円の日当の価値は大きい。

契約期間は六月末頃からお中元シーズンが終わる七月十五日まで。とにかく最後まで頑張ろうと思い、深夜十時に出勤して朝の八時に退勤するまで、午前三時からの三十分の休憩時間を除いて、誰とも話さず黙々と働いた（ちなみに日本郵便は夜間の郵便仕分けを二〇二二年二月末で廃止した）

やがて、あと二日を残すのみになった。

七月十三日の午前三時半。休憩時間を終えて持ち場に戻ると、ベルトコンベアを挟んだ向かい側から黒い煙のようなものが立ち上った。

それは瞬《また》く間に膨らんで人の形を取り、ほどなく血みどろの作業服を着た男性が姿を現した。

尋常な姿ではなかった。右目は赤黒い空洞と化し、胸や腹に血糊《ちのり》がベットリと付着しており、方々が焼け焦げている。

さらに体の周りに大小の赤い欠片が浮遊していたのだが、それらはどうやら彼が失った肉片や腸《はらわた》の一部のようだった。

声も出せずに凍りつく彼女の目の前で、その男はゆっくりと床から浮かび、ベルトコンベアを越えて接近してきた。

思わず後ずさりすると、真ん前に降りてきて、片目で彼女を見つめながら必死の形相で何かを訴えはじめた。

思わず怖さを忘れて聴き取ろうとしたけれども、その声はどうしても聴こえなかった。

彼女はだんだん気の毒になってきて「あなたが成仏できますように」と言ってあげた。

「行くべきところへ辿り着けますようにお祈りします」

手を合わせて祈るうちに、荘厳な寺院の輝かしい景色が頭の奥に映し出された。

すると、それは音もなく散り散りになって消えてしまった。

長時間、対峙していた気がしたが、時計を見たら一、二分しか経っていなかった。

後になって、その日が東京の七月盆の入り日だったと気がついた。

亡霊の安寧《あんねい》を祈りながら、彼女はバイトの最終日を迎えたのだという。

井の頭池の女

吉祥寺
きちじょうじ
井の頭線

井の頭公園
いのかしらこうえん
井の頭線

三鷹市在住の彼女にとって井の頭公園は庭のようなものだった。付近で生まれ育ち、数えきれないほど訪ねているので園内の地図が頭に入っている。だから井の頭公園へ人を連れていく際には案内役を買って出ることが多かった。

十年あまり前、都内の大学に入学して間もない四月のこと、上京組の同級生三人と親しくなり、吉祥寺の町を案内した。

井の頭公園にも行ったのだが、池に架かる橋を渡っているときに、連れの一人が首に掛けていた薄手のスカーフをそよ風に煽られた。

風は微《かす》かで、ごく優しかった。

しかしスカーフは羽衣《はごろも》のように宙を舞って池の中へ。

四人は呆気に取られたが、驚くのはまだ早かった。

みるみるスカーフが池に沈みはじめたのだ。あっという間に見えなくなってしまった。

「吸水口に吸い込まれたんじゃないかな」と一人が言った。

彼女は「学校のプールじゃあるまいし」と言ったが、何かに吸い込まれでもしない限り、ただの布があれほど速く水に沈むのは考えづらいことだと思った。

スカーフの主も不思議そうにしていたが、あっさりした性格のようで「どうせ安物だったから」と早々に気持ちを切り替えた。

そこで四人は散策を再開し、やがて弁財天に着いた。

参道に赤い幟《のぼり》が幾つもはためき、朱塗《しゅぬ》りのお宮と太鼓橋が青空に映えて美しかった。

お賽銭を上げて参拝し、これからどこを見よう、と、頭を寄せ合って相談していると、「これを落とされましたか?」と、声を掛けてきた者があった。

見れば、彼女たちと同じくらいの年頃の若い女が、スカーフを差し出していた。

色柄から推してあのスカーフに違いないと思われた。

だが、乾いている。

「私のものだと思いますけど……」と持ち主が困惑していると、その女は無言でスカーフを持ち主の胸もとに押し付けた。

このとき、女がスカーフを強引に受け取らせるのを見た途端に、彼女は激しい耳鳴りに襲われた。轟音が鼓膜を震わせ、耳の奥の内圧が高まって強い痛みが生じた。

思わず両手で耳を押さえて屈み込む——後でわかったことだが、このとき他の三人も同じように耳鳴りを覚えて、うずくまっていたのだった。

耳鳴りは一瞬で治った。だが、その刹那《せつな》に女の姿は消えていた。

辺りを見回しても去ってゆく人影すら無かった。また、持ち主によれば、スカーフには染みも匂いもついておらず、前よりも清潔になったような気がするということだった。

そして四人とも、女の容貌や服装を思い出すことが一切、出来なかったのだとか。

私がインタビューした折に彼女は「だから私たちの間では、あの女の人は弁天さまの化身で、スカーフをちょっと借りてみたくて神通力を使ったのに違いないということになっているんです」と話されていた。

それは、どうだろう……。井の頭弁財天の弁天さまは、羽衣を纏《まと》って琵琶《びわ》を携えた誰しもが想像する弁天像と違い、腕が八本ある八臂《はっぴ》の異形、しかもそれぞれの腕に武具を構えていらっしゃるのだけれど……。

勇ましいお姿をしているからこそ、スカーフに心惹かれたのだろうか。

私も井の頭公園には個人的な想い出が数々あるが、どれも怪談にはかすりもしない。

強いて挙げるなら、井の頭池でボートに乗った恋人とはジンクス通りに破局して、ここでデートしたのにボートには乗らなかった相手と結婚したということぐらい。

井の頭公園こと井の頭恩寵公園には、昔から都市伝説めいた言い伝えがあり、その代表が《井の頭池で一緒にボートに乗った恋人たちは必ず別れる》というものなのだ。

一説によれば、井の頭池の弁財天が仲睦まじいカップルに嫉妬するからだとか。

同様の伝説が上野の不忍池《しのばずのいけ》や神奈川県の江の島その他、弁天さまが祀《まつ》られているさまざまな場所で語られているが、私の経験上、弁財天を祀っているどこの施設に問い合わせても、「そんな言い伝え（迷信）もございますねぇ」と半笑いされるのが落ちである。

従って、ジンクスなど気にせず、カップルはどんどんボートに乗ったらよろしい。

井の頭公園の怪しい伝説には、この他に、女の幽霊が現れるというものがある。

吉田悠軌さんも、ご著書『中央線怪談』の「井の頭公園の首無し女」に、第三者の体験談を基にした現代怪談を書いていらした。

一九九四年に園内で遺体の一部が発見され、後に迷宮入りした《井の頭公園バラバラ殺人事件》の影響で少しは変調するかと思いきや、さにあらず。

あいかわらず井の頭公園の怪談といえば、首無し女、あるいは単に女の幽霊、最近では貞子の影響で白いワンピースを着た女の幽霊が出る話と今でも相場がきまっているのだ。

これは不思議なことだ。

人が亡くなった土地、ことに穏やかでない状況で誰かが命を落とした場所には、死に至った状況を踏まえた怪談話が生じるものだ。

事故物件しかり。大災害の後日談しかり。当然、殺人事件も。

ところが井の頭公園は、あれほど人口に膾炙《かいしゃ》された事件があったにもかかわらず、男の亡霊を出現させるには至らなかった。

どうやら、井の頭公園においては、人ならざる者のイメージが女に限定されるようだ。

その原因として、弁財天の歴史の重みと、井の頭池の白蛇伝説を挙げたいと私は思う。

まずは弁財天から。井の頭公園の弁天さまが女神なのは言うまでもないことだが、千年以上もここに祀られてきた事実は忘れられがちだ。

平安時代中期に源経基《みなもとのつねもと》が最澄《さいちょう》作の弁財天女像をこの地に安置し、後に源頼朝《よりとも》が東国平安祈願のお堂を建立。鎌倉時代の元弘の乱で焼失後、数百年を経て、江戸時代に三代将軍徳川家光《いえみつ》が再興した。現在のお堂は昭和初期に再建されたものだという。

つまり長い年月、女神を中心に据えてきた場所が、巡り巡って公園になったのだ。

そのため人々は無意識にこの土地を女神（女性）のイメージと結びつけているのではなかろうか。

次に、井の頭池の白蛇伝説を紹介しよう。

——現在の東京都世田谷区辺りに相当する武蔵国荏原《えばら》郡北沢村に住む長者が井の頭池の弁財天に子宝祈願をしたところ、稀に見る美しい女の子を授かった。

ただし娘の首筋には鱗《うろこ》が三枚生えていて、十六歳になったある日、自分は池のヌシの化身であると両親に告げた。そして井の頭池に身を投げると、たちまち白蛇に姿を変えて何処ともなく泳ぎ去ってしまった——と、このような伝説の物的証拠として、ここには宇賀《うが》神《しん》の石像が存在する。件の長者夫婦が娘を偲んで弁財天に寄進したというのだ。

とぐろを巻いた人頭蛇身の宇賀神像については説明を端折るが、ここで思い出したいのは吉田悠軌さんが書いた「井の頭公園の首無し女」（※1）に登場する池の少女である。

同作品は複数のエピソードによって構成されていて、問題の少女は最後の話に登場する。桜の季節、一面の花筏《はないかだ》となった麗《うら》らかな井の頭池の水面《みなも》から、可愛らしい少女が顔を出す。目撃者の前に一度現れて水中に没し、再びすぐに水面から頭を出して弾けんばかりの笑顔を見せた。だが、その口の中には鋭く尖った歯がびっしりと生えていたのである。

北沢村の長者の娘は、今も尚、井の頭池に棲んでいるに違いないと私は思った。

※1 https://note.com/takeshobo/n/n805cd0073ccb
版元の竹書房さんが公式サイトで無料公開しているので是非ご参照されたし。

歯磨き

京王電鉄では必要性の高い駅から順次、ホームドアの設置が成されてきた。井の頭線の吉祥寺駅では二〇一五年の暮れ頃からホームドアが使用されているが、その設置作業中に警備にあたっていた男性から、こんな話を聞いた。

同年年十二月中旬のある日、彼は同僚と一緒に夜間の作業中の警備を無事に務めた。

自宅は二駅先の久我山にあり、彼は始発で帰ることにした。

同僚も近所に住んでいて、互いの家を行き来するほど親しかったが、今日はオートバイに乗ってきたという。

夜明け前だった。始発までは間がある。

予備のヘルメットを持っていないことを同僚は悔しがった。

「メットがあったら後ろに乗せて送ってあげられたのに」

「いや、バイクの後ろなんて乗ったことないから、ヘルメットがあっても遠慮するよ」

吉祥寺
きちじょうじ
井の頭線

久我山
くがやま
井の頭線

それは本当で、彼は四十歳の今日までオートバイの後ろにも前にも乗ったことがなかった。

一方、同僚はまだ二十代で、その日も午後の早い時刻からシフトを入れていて、都内の別の場所へ行く予定だと話していた。

「若くても無理は禁物。早く休んだ方がいいよ」と彼は言って、同僚を見送った。

そのとき、バイクで走り去っていく背中がピンボケのように奇妙に滲《にじ》んで見えたが、自分が疲れているせいだと彼は思った。

帰宅してのんびり過ごしていると、夕方、上司から電話が掛かってきた。

何かと思えば、例の同僚が無断欠勤して連絡もつかないという。

「彼はとても真面目な人だから、帰り道で事故に遭ったか、部屋で倒れているんじゃないかと思うんですよ。ひとっ走り行って、見てきてくれませんか。アパートの大家さんにはこちらから連絡して、鍵を開けてもらうようにしますから」

「わかりました」と彼は答えて同僚のアパートを訪ねた。

到着したときには大家さんがアパートの外で彼を待っていた。

一緒に部屋まで行って、ドアの鍵を開けてもらったところ、シャコシャコシャコ……と、変な音が部屋の中から聞こえてきた。

「おーい、どうした？　大丈夫かい？」

呼びかけながら靴を脱いで室内に入った。二間しかない狭いアパートだ。すぐにこの音は洗面所の方から聞こえてくるようだと気づき、同時に、これは歯磨きをしているのに違いないと見当がついた。

急いで洗面所に行くと、白い洗面台がピンクの泡だらけになっていた。ところどころに真っ赤なものが滴《したた》り落ちている。

洗面台の鏡に映っている顔も、鼻から下が赤く濡れ光っていた。白目を剥いて、不自然に唇を開けつつ前歯を喰いしばっている。血の気が失せた蒼白い肌と、鮮血の赤の対比が強烈だった。

シャコシャコシャコシャコシャコシャコ……。

歯ブラシから細かな血の飛沫《しぶき》がしきりに撥ね飛ぶ。

一定のリズムとスピードで歯ブラシが歯肉を削り取っているのだ。

歯ブラシを持った右腕が機械のように無慈悲に動いている他は、彫像になったかのように立ったまま全身を硬直させている。

と、そのとき、左目の眼球がグルリと回って黒い瞳が鏡越しにこちらを見た。

彼は腰を抜かした。

同僚は救急搬送されて入院し、彼は後日、上司から報告を受けた。

「ウイルス性脳炎の一種で重態だそうです。命が助かるといいのですが……」

「直前まで元気だったのに」と彼は驚いた。

「脳ミソにウイルスが入り込んで炎症を起こした結果、意識障害と異常行動が引き起こされたそうですよ。帰宅して間もなく発症したのだろうというお話でした」

「帰宅直後から……。じゃあ、十時間以上、歯を磨いていたわけですよね」

上司は「想像しただけで歯茎が痛くなる」と怖気《おぞけ》をふるっていたとか。


この出来事を想い起すたびに、バイクの後ろ姿を記憶に蘇らせてしまうと彼は言う。

「あれは気のせいや目の錯覚などではありませんでした。妙にボヤけて見えました。彼の背中に悪霊が取り憑いていたからボヤけていたに違いありません。と、いうことは、あのとき後ろに乗せてもらっていたら、私が歯磨きをするはめになっていたのでは?」

豆腐屋のおばあちゃん

渋谷
しぶや
井の頭線

彼女は、一回目の東京オリンピックが開催された一九六四年生まれ。生家は渋谷区宇《う》田《だ》川町《がわちょう》にあったが、彼女の子ども時代の町のようすは今とは大きく異なっていたという。隣り合う富ケ谷町《とみがやちょう》、神山町《かみやまちょう》の辺りまでは、棟割り長屋と小さな商店が下町情緒を織りなし、作業場が路地から丸見えになった木工所や、華僑《かきょう》の人たちが住むアパートもあった。近所には有名なフォークソングの歌手が住んでいるかと思えば、裏社会の住民もいた。

パン屋、八百屋、肉屋といった商店の人々は、みんな気風のいい江戸っ子で、どの店の店主もお祭りのときはお神輿《みこし》を担いで活躍した。

ＮＨＫや二・二六事件の碑の目と鼻の先に下町風の商店街があって、そこの豆腐屋の女主人は、若い頃から彼女の祖母と親しく、家族ぐるみの付き合いがあった。齢《とし》を重ねてからも隠居せずに店先に立っており、彼女だけでなくこの辺の子どもたちはみんなその店にお豆腐を買いに行かされていたから、「豆腐屋のおばあちゃん」として界隈で知られていた。

あるときポックリと逝ってしまったが、七十過ぎの高齢だったので、明るいお葬式になった。

やがて四十九日を迎えると、豆腐屋の常連客や近所の知り合いがみんなで墓参りをした。その後で、彼女の祖母と遺族など、件のおばあちゃんと本当に付き合いの深かった七、八人だけで豆腐屋の店の前で記念写真を撮った。

それから数日して、豆腐屋の若奥さんが彼女の祖母のところへ、現像から上がってきたそのときの紙焼き写真を見せに来た。

「見てよ。うちのおばあちゃんがいるのよ」と言う。

祖母と一緒に彼女も見せてもらったところ、みんなの横に並んで、確かに写っていた。紺絣《こんがすり》の着物を着て、白髪頭に小さな髷《まげ》を結い、神妙な面持ちで、ちんまりと佇んでいる。

だが、半幅帯《はんはばおび》の下ぐらいから曇りガラス越しに見たかのように姿がぼやけていて、足もとに行くに従って透き通っていた。

豆腐屋の方で菩提寺《ぼだいじ》のご住職に写真を見せたところ、「急に亡くなったから皆さんに御礼を伝えそびれたのが心残りだったのでしょう」と言われたとのこと。

ビルの谷間から

渋谷
しぶや
井の頭線

二〇〇三年に閉業した東急文化会館は、私にとっては想い出深い場所だった。映画館やプラネタリウムがあり、少女の頃から幾度となく訪れてきたものだ。高度経済成長期からバブル全盛の八十年代後半の頃までは、東京を代表する文化の発信地だったと思う。

当時と比べると渋谷の変化、ことに駅周辺の変わりようには目覚ましいものがある。東急東横線地下化に伴う改変は「一〇〇年に一度の再開発」と呼ばれ、未だ続いている。

ヒカリエこと《渋谷ヒカリエ》は、東急文化会館跡に誕生した複合商業施設で、二〇一二年にオープンした。地上三十四階、地下四階。十六階以下に劇場、ギャラリー、アパレル、化粧品店、雑貨店、飲食店、生鮮食品店……と様々な施設や店舗が集められ、東京メトロなどの駅改札が直結していることもあって利用者が多く客層も幅広い。

このヒカリエを二〇二四年の九月中旬に婚約者と訪れた女性から体験談をお聴きした。

――その日は日曜日で、私は彼と結婚式場に打ち合わせに行って、帰りがけに渋谷駅の東口方面へ寄り道したのです。

着いたのは午後六時半頃だったと思います。特に目的もありませんでしたから、まずはヒカリエの周辺を散策してみました。二人ともその辺りに行ったことがなかったので、物珍しくて。

ヒカリエはピカピカの大きな建物ですけど、すぐ横に開発から取り残されたような古い雑居ビルが林立している区画がありました。ビルとビルの間の通路みたいなところに、たった二台しか停められないコインパーキングとトレーラーを利用した喫煙スペースがあって、都会ならではの景色だなぁと思ったものです。

それから、コインパーキングのすぐ横のビルに居酒屋の看板が出ていて、たまたま目が留まったもので、そこで夕食を取ることにしました。

その後、八時頃からヒカリエへ行ったのですが、二人で見物している途中で、奇妙な男性と擦れ違いました。

周囲の人々は皆さん大人の対応で、見ないようにしているようでしたが……。

その男性ときたら、驚いたことに白ブリーフ一丁の裸だったのです。

おまけに落ち武者みたいなボサボサ頭でした。頭頂部が薄くて残りは長髪なのですが、何週間もシャンプーをしていないような汚れ切ってもつれあった頭で。体も見るからに垢じみていました。年齢は五十代後半から六十代くらいでしょうか。

一見して不審者です。

明るくて清潔で、お洒落な空間にそぐわないどころではありません。真っ白な紙に墨汁を垂らしたかのように目立ちます。

でも誰もが見事にスルーしていました。

こういうお洒落な所に来るような人たちは流石《さすが》だ……と、内心舌を巻きながら、とりあえず私も倣《なら》うことにしましたが、婚約者とはこの驚きをシェアしたかったのです。

だから、その人から充分に離れてから彼に話しかけました。

「さっき凄い人いたね！　まさかこんな場所でパンイチのおじさんを見るなんて、びっくりしちゃった」

当然、同調してくれることを期待していました。

ところが彼は不思議そうな表情で「そんな人いた？」と私に訊ねるじゃありませんか。

「え？　まさか気がつかなかったの？　物凄いインパクトだったのに」

信じられないことに、あの人のことを彼は全然見ていなかったようでした。

「本当に？」なんて、私を疑うようなことを言うのです。

けれども私は確かにこの目で目撃したので……事実だったのだということを彼に証明したいと思いました。

それで、帰る道すがらスマホで「パンイチ　渋谷」「不審者　ヒカリエ」などキーワード検索したのですが、その結果、辿りついたのは意外な情報でした。

——午前十時十分頃、東京都渋谷区渋谷のビル敷地内で、下着姿の男性が倒れているのが見つかった。駆けつけた救急隊が現場で死亡を確認。目立った外傷はなく、警視庁渋谷署は病死などの可能性を視野に、男性の身元や詳しい経緯を調べている。

同署によると、男性はビルとビルの隙間にうずくまるようにして倒れていた。パンツしかはいておらず、上半身は裸で、ジャンパーのような上着を胸にかかえていたという。ビルのガス点検に来た業者が発見し、同署に連絡した。

現場は渋谷駅東口のすぐ近くで、複合商業施設「渋谷ヒカリエ」などが立ち並ぶ一角。

二〇一六年二月十八日に報道されたニュースの記事で『東京・渋谷駅前のビル敷地内に男性変死体 下着姿でうずくまる 警視庁が捜査』というタイトルが付けられていました。

そこで思い出したのが、ヒカリエに入る前に見た、小さなコインパーキングと喫煙所があるビルの谷間の風景でした。

もしや……と、思いつつ、心理的瑕疵《かし》物件などを検索できる事故物件公示サイト《大島てる》で確認したところ、ヒカリエ付近に表示された二ヶ所のうちの一つが「遺体発見」となっており事件が起きた時期と場所が一致してしまいました。

私にしか視えなかった理由がわかりませんが、あれは幽霊だったのでしょうか。

あそこを物珍しそうに眺めていた私に、憑いてきてしまったのかもしれません。

それとも、渋谷に来る人たちのスルー・スキルが高く、私の婚約者は単にぼんやりしていたという、ただそれだけの可能性もあると思われますか?

でも商業施設の中であんな人が歩いていたら、すぐに警備員が飛んできそうなものです。

ですから、私には、やはり亡霊だったのだと思われてならないのですが。

上手の人　―羽尾万里子さんの話―

人気の怪談師にしてグラフィック・デザイナーでもある羽尾万里子《はおまりこ》さんから体験談を寄せていただいた。

彼女は、明大前駅の付近にキャンパスを構える某大学を卒業されていて、学生時代は演劇サークルに所属していた。

これは、その当時のお話である。

当時、私たち演劇サークルは、大学の学生会館にアトリエなどを借りていました。アトリエといえば絵を描く場所のように思われるかもしれませんが、私たちのそれは、稽古場を兼ねたミニシアターのようなものでしょうか。

客入れをして公演を行えるぐらいの広さがありました。ちなみにアトリエの隣は部室でしたが、そちらはボックスと呼ばれていましたね。

明大前
めいだいまえ
京王線　井の頭線

歴史あるサークルでしたから、部室の独特な呼称の他にも前の世代からの申し送り事項があったのですが……その一つが「上手の人《かみて》」というオバケの言い伝えだったのです。

上手の人は、アトリエの上手、つまり客席から見て舞台の右手の奥に出没すると言われていました。

それが、どうも単なる噂とも思えなくて。


春の新人公演で起きた出来事です。

初めて舞台を踏むことになった男子学生が、上手の舞台袖に掛かった暗幕の後ろで出番を待っていると、暗幕の隙間から手が出てきたんだそうです。

肌がきめ細かくて華奢《きゃしゃ》な、一見して若い女性のものだとわかる手でした。

彼は咄嗟《とっさ》に、とある女子を思い浮かべました。

彼女は、彼と同じく新人として今回初出演する同期のメンバーでした。

暗幕は二重になっていて、間に人が立てるほどの隙間がありました。

今、この暗幕の間で出番を待っているとしたら彼女しか考えられませんでした。

だから彼はてっきり「新人同士、頑張ろう」と励ますような意味で手を差し伸べてくれたのだろうと思って、心が温かくなったとのこと。

それで、その手をギュッと握ったところ、向こうも優しく握り返してくれて……。

人肌のぬくもりを持つ、柔らかい手でした。

ところが、その瞬間に、当の女子が台詞《せりふ》を言う声が舞台の方から聞こえてきたのです。

途端に、件の手が彼の手を離して素早く引っ込みました。

彼は驚いて、咄嗟に手前の暗幕を開いたのですが、そこには誰もいませんでした。

――この新人公演のときは、他にも不思議なものを目撃した学生がいました。

その子は大道具担当で、舞台の横幅と同じサイズの背景画のパネルを相方と二人で支えることになっていました。

でも、こっちは下手側から、相方は上手側から、実際にパネルを押さえる段になって、ふと上手の方を見ると、相方以外にもう一人、学生がいるじゃありませんか。

中肉中背の、眼鏡を掛けた男子学生です。如何にも演劇サークルにいそうな……。

でも、見たことのない顔です。

怪訝《けげん》に思って目を凝らしたら、それは、たちまち煙のように姿を掻き消してしまったということでした。

　女の子になったり男の子になったり。きっと上手の人は変幻自在なのでしょうね。

井の頭線のトンネルで
―オオタケさんの怪談―

渋谷
しぶや
井の頭線

神泉
しんせん
井の頭線

他人の物を用いて利益を得ることを「人のふんどしで相撲を取る」という。

誰かの不思議な体験談を基にして本を書いたり語ったりして食っている私なんぞは、その道の横綱級なのではないかと思う。せめて真面目にインタビューをしたり実地調査や資料蒐集を行ったりしないと天罰が下るに違いない。

そう思って常に体験者さんを募集して取材に勤しんでいるのだが、最近は、本職の怪談師さんがお話を寄せてくださることがある。

本書でも、羽尾万里子さん然り、そしてこのオオタケさんの話も然りである。

オオタケさんは、怪談収集家として怪談イベントや怪談番組などでご活躍されている若手の女性怪談師さんだ。東京にお住まいなのかと思っていたら六年ぐらい前から福岡にいらっしゃるという。

この話は十年ほど前に、当時オオタケさんとよく遊んでいた女性が井の頭線で遭遇した出来事だ。

その頃、彼女は二十四歳で都内に住んでおり、オオタケさんとは下北沢で落ち合うことが多かったという。


その日、私はオオタケちゃんと下北沢のライブハウスに行く約束をしていました。快晴で季節はたしか春。平日で、井の頭線の渋谷駅に着いたのは午後三時頃。ちょうど各駅停車がホームの片側に滑り込んできたところでした。間もなく反対側に来る急行と待ち合わせをする電車です。

約束の時刻までは、まだだいぶありました。下北でどうやって時間を潰そうか、考えていたところです。各駅電車に乗ってのんびり行っても充分に間に合います。乗ってしまおうと思いました。空いていて快適そうでしたし。

その頃の私は人の話し声が苦手で、移動中や人混みでは必ずイヤホンをして大音量のロックミュージックを聴く習慣でした。

だから、このときもすぐに目を閉じて音楽に集中して……やがて電車が揺れて、動き出したことがわかりました。

見ればガラガラだったシートが六割ぐらい埋まっていて、斜め前にも私と同世代ぐらいの女の子が座っています。とてもお洒落な服装の、可愛い子。

でも、緊張した面持ちで携帯電話を手にしてうつむき、固くなっているのでした。

それもそのはず。なぜなら、彼女の真正面に五十歳前後のおばさんが立って、何か怒鳴っていたからです。

ひっつめ髪で、町で擦れ違っても印象に残りそうにない地味な外見の中年女性なのですが、ガラスに映った顔が凄まじく怒っていました。

ご存じのように、井の頭線は渋谷駅を出るとすぐにトンネルに入ります。

暗いトンネル内では電車の窓ガラスが鏡面のように車内を映す次第で、おばさんの顔もガラスに映って、向かい側のシートにいる私からも見えたのですが。

それが、滅多に目にすることがないような激しい憤怒《ふんぬ》の表情で、しかも口を大きく開閉させて怒鳴っていたのでした。

女の子は全身を強張《こわば》らせて携帯電話を見て……いいえ、見るふりをしているのでしょう。

真ん前に立っているおばさんと目を合わせたら、怖いことになりそうですから。

何をそんなに怒っているのか、少し好奇心もあって、私はイヤホンを外してみました。

すると、おばさんの声がしませんでした。

窓の顔を見る限りでは大声で何かわめいているようすなのに、声を発していないのです。

驚いているうちに電車は神泉駅の手前でトンネルを抜けました。

車内を陽射しが満たします。

と、同時に、おばさんの姿が消えました。

ガラスに映っている姿が見えなくなっただけではありません。

瞬時に車内から消え失せてしまったのです。

信じられない思いで、私は左右を見回して、おばさんの姿を捜しました。

その間に電車は再びトンネルに潜りました。

窓の外が闇に沈むと、視界の左端に何か白いものが見えた気がしました。

私の左後ろです。振り向くとそこに――窓の外に、さっきのおばさんがしがみついて、向かい側に座っている子にしていたのと同じように、私を睨みつけて怒鳴っていました。

私は席を立って車両の端まで逃れました。

そして、そのときちょうど神泉駅に着いたので、降りて次の電車を待った次第です。

降りる直前に振り返ってみたら、もう、おばさんの姿は視えませんでした。

でも、あの鬼のような形相が瞼《まぶた》に焼きついてしまって、未だに忘れられません。

公衆トイレの呻き声

渋谷区の主だった公衆トイレは、二〇二三年頃にスタイリッシュにリノベーションされて、一部で話題となった。

しかし十年ほど前に彼が利用したときは、老朽化が進んだ小汚いトイレだった。

彼は七十年代後半のオカルトブームの頃に子ども時代を過ごした筋金入りの怪談ファンで、休日は一人で怪談イベントに出掛けることが多かった。

酒を呑まないたちで移動は常に原付バイク。そのときも愛用の原付で移動していた。

七月、熱帯夜の午前二時頃。丑三つ時に帰宅することになった理由は、新宿で開催されたある怪談イベントの打ち上げに参加していたせいだった。

初めは歌舞伎町の居酒屋で、二次会と三次会はゴールデン街で……最後は彼以外の全員がベロンベロンに酔っ払っていた。

シラフで酔っ払いに囲まれていても彼は平気なタイプだ。会話に加わっているだけで満

幡ヶ谷
はたがや
京王線

笹塚
ささづか
京王線　京王新線

足なのだが、やはり体裁を考えると、何も飲み物を注文しないわけにはいかない。従ってウーロン茶やジュースを飲むことになり、酒席が長時間に及ぶと何杯もおかわりしてしまって……必然的にオシッコが近くなる。

自宅は笹塚の方だ。京王線の幡ヶ谷駅付近を通過する頃には、最後の店を出る前にトイレに寄ってくればよかったと心の底から悔やんでいた。

――駄目だ。漏れる。

似たようなシチュエーションで緊急に立ち寄った経験が一度ならずあり、ここから近い中野通りと水道道路の交差点に公衆トイレがあることを彼は知っていた。

十字路の角で原付を降りて、トイレの建物に駆け込んだ。古い公衆トイレの建物は仄暗《ほのぐら》くて何やら洞穴《ほらあな》じみていたが、そのときは中に灯った明かりが希望の光に思えた。

彼はすぐに小便器に向かって用を足しはじめた。ホッと安堵のひとときだ。

「……………うう………」

個室の方で呻《うめ》き声がしたような気がした。

振り向いてそちらを注視していると再び聞こえてきた。

「ううぅ……うううぅん……」

間違いない。誰か個室で苦しんでいる。

「大丈夫ですか?」

声を掛けたが返事らしい返事はなく、呻吟《しんぎん》しているばかりだった。

とりあえず、彼はズボンのジッパーを上げて洗面台の方へ向かった。

洗面台の前に鏡があり、個室のドアが映っていた。

どのドアも開いており、誰も入っていないことが一目瞭然だった。

「うううううっ!　うううううううぅんっ!」

苦悶を訴える何者かの呻き声が一段と激しくなった。

このところ夜でも気温が三十度を超えていた。蒸し暑いはずが足もとから腰の辺りまで凍えるような冷気に包まれた気がして、思わず身震いした。

建物の外に飛び出しても、まだ声が聞こえてきた。

当時のこの公衆トイレには、男子トイレと女子トイレの出入り口に挟まれて車椅子のマークが記されたドアが設けられていた。いわゆるユニバーサルトイレの個室のドアだ。

そのドアを見て、この中で誰か苦しんでいるに違いないと彼は直感した。

怪談イベントで怖い話を聞いた後だから、無闇にゾーッとしてしまったのだと思われた。

不思議なことなど滅多に起きるわけがない。

「さっきから苦しんでいらっしゃいますよね!　どうされました?」

と、彼は声を掛けてユニバーサルトイレのドアをノックした。次いでドアノブに手を掛けたところロックがされていないようだと気づき「入りますよ」と言いつつ引き開けた。

誰もおらず、ステンレスの手すりがシーリングライトの光を冷たく反射していた。

「うぅん」と低く唸《うな》る声が出入り口の方から聞こえてきて、彼は泡を喰らって表に駆け出し原付にまたがった。

ヘルメットを被ってもまだ耳の奥で何者かが呻いているような気がし、家に着くまで生きた心地がしなかったという。


日中でも廊下の奥が薄暗く、どこか有機的な雰囲気のある旧い日本家屋には「オバケが出そう」と感じても、隅から隅まで明るく照らされた真新しくて無機質な建物には心霊的な怖さを覚えないという人は多いだろう。

彼が聞いた声の正体はわからずじまいで、今、同じ場所に建っている公衆トイレに行ってみても別に「出そう」な感じは受けない。

この数年後に赤ん坊の死体遺棄事件があったようだが、それもリノベーション前のこと。

モダンに生まれ変わった現在では、そのような痛ましい事件も起きづらくなったのではなかろうか。

ルームシェアの終わり

初台
はつだい
京王新線

十五年前、タクヤさんは同級生のSくん、Tくんと福島県から上京した。

三人とも俳優志望であり、金はないが希望に燃えていた。劇団や養成所に通いやすいエリアとして、初台のアパートをルームシェアすることとなった。

「住みはじめた時は三人とも役者として大成しようと頑張っていて。アルバイトばかりの生活でも元気いっぱいだったんですよ」

しかしいつしか、一緒に住んでいるSくんに異変が起こるようになる。

「さっき、トイレをノックした?」「お風呂、ノックした?」

部屋にいる間、やけに自分のいる場所の戸を叩いたかどうかを気にするようになった。タクヤさんもTくんも心当たりがないので、いつも否定していたのだが。

「ノックした?」「ノックした?」と、Sくんはそればかり気にかけて止まない。

そうこうするうち、夜中にSくんがうなされる絶叫が響くようになった。タクヤさんが妙な気配を感じて目覚めたところ、枕元にSくんがぼうっと突っ立っていたこともあった。おそるおそる声をかけると、黙って自分の部屋に戻っていったのだが。

「それまでずっと立ちつくしていたのかと思うと、すごく気味が悪かったです」

そんなある日、Tくんまでもが「この部屋、怖いよ」と言い出してきた。繊細なSくんはともかく、鈍感なタイプの彼までもがどうしたのかと問い詰めると。

「今日の昼、一人きりでアパートにいたら……」突然シャワーの水が流れる音が聞こえてきたのだそうだ。誰もいないはずなのに、と耳をすませた瞬間。

どん、どんどんどんどんどん！

すぐそばで低い音が鳴り響いた。目を向ければ、押し入れの戸が大きく揺れている。まるで、その中から数人がかりで勢いよく叩いているかのように。

「二人が帰るの待ってたんだよ……。一緒に押し入れの中を見てほしくて」

内部にはなんの異常もなかった。ただし荷物が並べられ、人が入るスペースなど空いていないのを確認し、Tくんはひどく怯えていた。

また共通の友人が遊びに来た時、こんな指摘をされたこともあった。

「このアパート、ちっちゃい子が遊びまわってるの？」

ひどく小さな足跡が、階段からこの三階の部屋の前まで点々とついているというのだ。

友人の指摘通りだった。確かに幼児らしき足跡が、二階の廊下から階段をのぼり、この部屋の玄関まで続いている。どころか、その足跡は部屋の台所まで侵入しているではないか。

ペンキなどの塗料とも異なる、黒いカビ染みのような、裸足の小さな足だった。

その現象自体も気味が悪い。ただ、なぜ自分たち三人とも、今までいっさい気づかなかったのかと、そちらの方がより怖ろしかった。

「さすがにそのあたりで、ここを引っ越そうかと提案したんです。ただ三人とも金欠で、すぐには無理だよな……ということで話が流れました」

そしてついに、タクヤさんもあるものを目撃する。

アパートに一人でいた時である。昼飯を食べ終わり、ごろりと横になったところ。

ふいに足先がひどく痺《しび》れた。その痺れはぞわりと体を伝い、頭のてっぺんへ昇ってきた。

なんだこれは。頭をもたげると、足元に黒い着物を着た女が立っていた。女はなにも言わず、ただじっと自分を見下ろしていた。そこで、ふいに意識が途切れた。

夢か幻覚だったかもしれない。ともかく同居人たちを怖がらせないよう黙っておくことにした。その代わり、同じ初台に住む友人にこのことを打ち明けた。当時のタクヤさんをよく世話してくれていた、某お笑い芸人の男性である。

するとその芸人も、この前体験したという出来事を告白してきた。

初台の自分の部屋にいると、どこからか声が聞こえてきた。最初は遠くにあったその声がどんどん近づき、部屋の中まで入ってくるではないか。赤ん坊の泣き声だ、と気づいた。その声はもう自分のすぐ後ろで、けたたましく響いている。決死の覚悟で振り向くと。

ピタリ、と赤ん坊の泣き声は止んだ。

その代わり、黒い着物の女が正座していた。

女は冷たい目で、自分を見つめていたのだという。

「昔はこのあたりに売春宿があったらしいから……。そこにいた人なんだろうな」

ちょうどこの話を聞いた直後、東日本大震災が発生した。Tくんは、これをきっかけに東京を離れると言い出した。同年八月、タクヤさんたちは初台のアパートを引き払った。

三人のルームシェアは、一年ほどしか続かなかったのである。

小さなカレー屋さん

下北沢
しもきたざわ
井の頭線

十五年ほど前、下北沢に小さなカレー屋があった。

座席はカウンターと二つのテーブル席のみ。店長の他は日替わりバイト二名でまわしていた。独特な濃厚ルーが有名で、テレビや雑誌に取り上げられたこともある。

マミさんは一時期だけ、そのカレー屋で働いていたそうだ。といっても正式なシフトに入っていた訳ではない。バイトが欠員したり、貸し切りパーティーの時だけ呼ばれる、臨時の助っ人要員だった。店に顔を出す頻度は、週に一度もなかったはずだ。

だからその店のいつもの様子というやつを、いまいちよくわかっていなかったのだが。


――すいません。

マミさんがカウンター内で作業していると、背後でそんな声が響いた。

「あ、はーい」

振り向けばカウンターは無人で、テーブル席に二組の客がいる。注文をとりにフロアへと出たのだが、そこで足が止まってしまった。

先ほど呼びかけてきたのは、明らかに女の声だった。

しかし店内にいるのは男性客のみで、女性など一人も見当たらない。念のためしばらく待ってみたが、男の客たちもオーダーを待っている様子ではない。

不思議に思いつつカウンターに戻ると、店長と先輩スタッフが、じろじろとこちらを見つめている。自分の一連の行動を不審に思っているのだろう。「女の人の声がして……」と、今あったことを正直に話してみたところ。

店長と先輩は、黙って顔を見合わせた。

そして二人して、無言でトイレに向かい頭を下げたのである。両手をしっかり合わせ、目をつむり、まるで神仏を拝んでいるように。

いったいなにをしているのか、さっぱり意味がわからない。

しばらくトイレに手を合わせた後、二人はまた元の業務に戻っていった。


また別の日のこと。

店を開けたとたん、待ち構えていたかのように常連のおじさんが入ってきた。どこか慌てたような素振りでカウンター席に座ると。

「あのさあ！」注文もそっちのけで、いきなり質問をぶつけてきたのである。

「昼間に店の前を通ったんだけど、新しいバイトの子入ったの？」

「入ってませんよ。昼は僕が一人きりで仕込みしてましたし」

店長がそう答えるも、おじさんはまったく納得できない様子。

「いやいや、髪の長い女の人が立っていたよ」

その女がカウンターの前にいつまでもいつまでもじっと立ちつくしていた。自分はそれをずっと窓ガラス越しに見ていたから間違いない、と主張する。

わざわざそんなことを告げるため、開店直後を狙って訪ねてきたようだ。よほどその髪の長い女のことが気になっていたのだろう。

「ああ……」

店長はそう漏らすと、目をつむり、無言でトイレに向かって深々と手を合わせた。

その後、店長からはなんの説明も語られなかった。なぜかおじさんもそれ以上の追求をせず、大人しく新メニューのカレーを注文してきた。

意味不明なことが二度も続いたので、さすがにマミさんも気になった。

いったい店長たちはなにをしているのだろう。なぜトイレなんて拝んでいるのだろう。

それについて、いちばん仲の良いアルバイトの子に訊ねてみたところ。

「ああ、それね」と、その子は素直に答えてくれた。

「私、この店で働いているうち、だんだんトイレの方ばっかり気にするようになったんだ。なぜかそこにね、髪の長い女の人がいる感じがしてならないの」

どうしてそんなことを感じてしまうのか、自分でもわからない。たぶん気のせいなのだと思って、ずっと誰にも話していなかった。しかしどうしても、トイレに髪の長い女がいるという感覚は日に日に増すばかり。

ある日のバイト中、ひょんなことからその実感を打ち明けてみたところ。

「そしたらさ、店長含めてスタッフ全員、まったく同じ気配を感じていたらしいの」

だから全員で決めたのだという。

これからは、その女の人がいるトイレに向かって手を合わせることにしよう、と。

マミさんはすぐ、そのカレー屋で働くことを辞めた。

このまま働いていれば、おそらく自分も「トイレに髪の長い女がいる」と感じるようになる。その確信があったから。

また、それだけでなく。

そうなったら自分も、トイレに手を合わせるようになってしまうはずだ。

髪の長い女の話が出たとたん、なんの違和感もなく、スムーズに目をつむって、無言で両手を合わせて。この店の人たちと一緒に、さもそれが当たり前のように。

自分がそうするようになってしまうことが、なんだかひどく怖ろしかったからだ。

祟りがあるぞ

仙川
せんかわ
京王線

タムラさんが昔、仙川の不動産屋に勤めていた時に聞いた話。

仙川は再開発によっておしゃれな街へ変貌したが、昔は駅近くにも鬱蒼《うっそう》とした雑木林が茂っていた。いつしかその横にドラッグストアが建ち、林を切り開いて駐車場にする計画が進んだ。木々を伐採して地面を均《なら》した土地に、重機を搬入しようとした、その時である。

「なんてことをする！」と三人の老人が現場に怒鳴りこんできた。老婆を先頭に、後ろには二人のお爺さん。いずれも白装束を着込んで、険しい顔で作業員を睨みつけている。

「ここは処刑場の跡地で、供養の祠《ほこら》があったはず！　祟りがあるぞ！」

なんとか追い出したが、駐車場完成まで三人組は毎日現れ、ひたすらなにかを拝み続けていたそうだ。もっとも工事は無事に終わったし、その後も祟りめいた噂など聞かない。

老婆に怒鳴つけられた作業員本人が、タムラさんに語った逸話である。

調布の赤い女

布田
ふだ
京王線

国領
こくりょう
京王線

私・吉田は長きにわたって「赤い女」の怪談を集め続けている。

赤い服を着た、異様なまでに長身の女。現代怪談を収集していると、そのような女にまつわる不思議な話が、多くの人々に語られていることに気づく。

もちろん「赤い服」「長身」のディテールは各体験談によって異なる。着物、スーツ、ワンピースドレス、レインコートなど服装は様々。背丈についても、二メートル弱ほどの現実的にありうる長身だったり、ビル三階を超える怪物的大きさだったりもする。

とはいえその行動については共通点が多い。ひどく奇妙な動きをしていた、二階三階の窓ごしに覗いてきた、または窓を覗いている姿を路上から見かけた、といったように……。

また目撃地点・時期の共通も多く見受けられる。特徴のよく似た赤い女を、同じ時期に同じ町で見たという複数の証言が得られたりするのだ。

私が竹書房怪談文庫にて発表した事例を挙げるなら、『怪の足跡』所収「線路沿い」と『中央線怪談』所収「つきまとう赤い女・西荻窪」。前者はJR中野駅南口付近、後者は西荻窪の善福寺川沿《ぜんぷくじがわ》いにて、赤い女と遭遇した体験談だ。

いずれも書籍刊行後、体験者とはまったく無関係の読者から、よく似た女の目撃談が寄せられた。それらの体験時期はいずれも収録作とほぼ変わらない。また目撃地点に至っては誤差数メートルほどの、ピンポイントに同じ場所だったのである。

今回、京王線沿線の怪談を募集したところ、やはり同じような「赤い女」の話が届いた。

情報提供者は、かつて調布市に住んでいた青年男性。彼の知人、いずれも五十歳ほどの中年男性二人から聞き及んだ話なのだという。

その二人を仮にAさん・Bさんとしておこう。情報提供者との関係は、Aさんが友人の父親、Bさんは飲み屋でよく会う男性とのこと。体験場所はいずれも調布市となる。

まずはAさんの話から。

今から二十年前、二〇〇四年の夏だったそうだ。

その日、Aさんは調布駅近くで行われた会社の飲み会に参加していた。一次会が終わり、飲み足りないメンバーが別の店に移動する。

金曜夜ということもあり、Aさんも二次会の列に加わったのだが、それが失敗だった。

このところ気を病んでいる上司に捕まり、延々と愚痴を聞かされる羽目になったのだ。やつれ顔の上司を振りほどく訳にもいかず、ようやく解放されたのは終電間際のこと。

上司は下り方面の終電へ大急ぎで飛び乗れたからいいが、Aさんが乗るべき上り新宿方面は、もう二十分近く前に発車してしまっている。

……まあいいか、酔いざましに歩いて帰れば。

Aさんは線路沿いを東の新宿方向に歩きはじめた。自宅までは約三キロメートル、徒歩でも行けない距離ではない。

ただその日は深夜を過ぎてもやけに蒸し暑く、動いているうちにワイシャツがぺたぺたと上半身に張り付いてきた。

やっぱりタクシーで帰るべきだったかなあ。でも調布駅じゃないと拾いにくいよなあ。

そんな後悔を抱きつつ、布田駅にたどり着く。ちらりと見た限りだが、やはりその駅前にタクシーは停まっていない。

まあ仕方ないかと駅南側の道を進む。三分ほどで、T病院という総合病院が道路沿いに見えてくる。建物の前は横長の駐車場となっており、その脇を進むことになるのだが。

駐車場の先に設置された、電話ボックスへと目が泳いだ。

箱の中に、女がこちらを向いて立っているからだ。顔が見えた訳ではないが、ボサボサの長い髪と、女ものの服装からそう判断した。

こんな時間に女性が一人というのも珍しいが、問題はそこではない。

より奇妙なのは、女がコートを着ていたこと。それも肘下まで隠れるような、真っ赤なロングコートである。蛍光灯に照らされた鮮やかな赤色が、深夜の住宅街にあまりにも不釣り合いだった。

……この暑いのに、なんであんなもの着てるんだ……。

訝しみつつ公衆電話に近づくうち、さらに違和感が膨らんでいく。

なにかがおかしい。深夜に一人だとか、熱帯夜に赤いコートを着ているなどということではなく。もっと決定的な、なにかが。

ややカーブした道路を進み、病院のすぐ前まで来たところで、あることに気づいた。

女の体は正面を向いている。にもかかわらず、なににも遮られず全身が見えているのはなぜだろう。ボックス内の電話機が、女の背後にあるからだ。

女は受話器を持っていない。ひたすら自分のことを、じいっと見つめている。まだ女の顔は見えていないのだが、それははっきりとわかる。

いつのまにかAさんは、ボックスのすぐ前にたどり着いていた。

そこでぼさぼさの髪が横になびいた。女が首を傾け、自分を覗きこんできたのだ。

その両目はテニスボールほどに大きく、眼球が半分以上も飛び出していた。

Aさんは無我夢中で、その場から走り去った。


飲み屋の知り合いであるBさんも、よく似た体験をしている。

こちらは二〇一二年の、やはり夏の夜のこと。

国領の居酒屋で飲んでいたBさんは、自宅の団地まで戻るため、狛江《こまえ》通りをまっすぐ歩いていた。その手前にあるJ病院のところで左に曲がるのが、自分の住む号棟への近道だ。

病院の敷地を横目に進んでいくと、夜間搬送口のあたりに電話ボックスが見えた。

……あんなところに電話ボックスがまだ残っていたのか。

そう思って振り向いたところ、中に赤いコートの女が入っているではないか。

夏なのにコートを着ている変わった女だな……という感想を、Bさんもまた抱いた。

そのままじっと凝視したところで、女の異様さに気づく。

やはり女は正面を向いていた。ぼさぼさの髪の下から、巨大な二つの目が覗いている。

首を傾けながら、そのぎらぎらとした眼球でじっと自分を見つめている。

それだけではない。

酔っていた度合の差だろうか。至近距離まで気づけなかったAさんと違い、Bさんは遠目からでも、その女のとある特徴に気づいたのである。

……化け物だ。

Bさんは慌てて狛江通りまで引き返した。以降、その近道は使わなくなったそうだ。


「この赤い女は同一人物だと思うんですよ」

情報提供者の男性は、私にそう言った。

「まったく同じ服装、同じ顔つきで、夜中の病院近くの電話ボックスに立っているところも共通していますから」

無関係のAさんBさんが同じ証言をしていること、両者の目撃地域が非常に近いことも、女が同一人物の可能性、そして実在する可能性を高めている。

そう、ここまでくると、この「赤い女」はリアルな存在だったとも予想されてしまうのだ。怪異でもなんでもなく、この町に住むれっきとした人間だったのではないか、とも。

真夏に赤いロングコートを着ていようと、深夜の電話ボックスに立っていようと、それは人ならざるものの証明にはならない。

大きな眼球にしても、AさんBさんの印象に過ぎない。二人ともアルコールが入っていたのだから、ぎろりと睨まれた目をそう感じることもあるだろう。

いくら奇妙な行動をする変人だったとしても、実在する人物についての話をこの怪談本に載せる訳にはいかない。

しかし私は、この「赤い女」を人ならざる怪異だと判断した。

それはAさんBさんともに、共通する証言があったからだ。たとえ酔っ払っていようとも見間違えるはずのない、とある女の特徴が。

二人の見た女はいずれも、首を傾けてこちらを見つめていた。より正確にいえば上体ごと、首を思いきり横に曲げていた。

頭が天井につかえていたからだ。

女の身長は、電話ボックスに入りきらないほど高かった。

二メートル半をゆうに越えるようなその女は、ボックスの中で窮屈に体と首を折り曲げ、AさんとBさんを見下ろしていたのである。

京王多摩川の赤い老婆

京王線には他にも、「赤い女」と関連するかもしれない目撃情報がある。

神奈川在住のヒロミさんが、所用で東京へ出かけた時のことだそうだ。

帰り道は京王相模原線を使って橋本駅で乗り換えるルートとなる。その時は特急が出たばかりだったので、次発の快速に乗り込んだ。

調布駅を出発し、列車は多摩川方向へと向かう。現在は発車後しばらくトンネルを通っていくが、この頃はまだ駅が地下化される前。車窓からは午後のうららかな陽射しが差し込んできた。

……まもなく、京王多摩川です……。

そんなアナウンスが流れる前だったか、後だったか。

――カツカツカツ。

ヒロミさんの右手の車両から、硬い連続音が鳴り響いてきた。まっすぐこちらに近づい

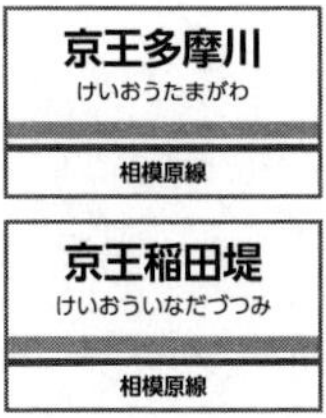

てくる音の方へと、思わず顔が向く。

そこにいたのは、全身真っ赤なお婆さん。

赤いつば広の帽子、上下ともに赤いドレス、赤いハイヒール。

そのヒールを電車の床にカッカッカッと打ちつけながら、なぜか追いつめられたような必死の形相をしている。

そんな老婆が、脇目も振らず一心不乱に目の前を通り過ぎていく。そのまま次の車両への扉を乱暴に開き、カツカツカツ甲高い音とともに去っていく。

変な人だなあ、と思いつつ車両をちらちらと見渡す。

周囲の乗客たちも老婆に面食らったのか、訝しげな顔で車両連結部を見つめていた。

そのうち京王多摩川駅に到着し、車両のドアが開く。

――カツカツカツカツ。

また同じ音が聞こえてきたので、ヒロミさんは窓の外を確認した。

先ほどの赤い老婆が、隣の車両から下りた後、ホームをすごい勢いで走り抜けていくのが見えた。いったいなにを、あんなに急いでるのだろうか。

そして電車が進みだす。

すぐに多摩川を越える橋梁へとさしかかる。いっそう大きな走行音をたてながら川を渡り、南の対岸へと渡っていく。

……まもなく、京王稲田堤です……。

ヒロミさんは瞼を閉じ、といって眠るつもりもなく、座席の揺れに体を任せていた。

車両が京王稲田堤駅へ滑りこむ気配とともに、振動も止まる。続けて聞こえたのは、扉が開く時の、空気の抜けるような音。そして。

——カツカツカツカツカツカツ。

斜め後ろから、あの硬い音が聞こえた。とっさに開いた瞳が窓の外へと向く。

ホームをこちらへ走ってくる、全身真っ赤なお婆さん。

赤いつば広の帽子、上下ともに赤いドレス、赤いハイヒール。

まったく同じ格好で、やはり追いつめられたような表情で。

ハイヒールを履いた老人とは思えないスピードで、左から右へと走り抜けていく。

電車よりも先に、次の駅へ着いた？　しかも多摩川を越えて？

ぐるぐると混乱しているうちに、赤い老婆はホームの向こうへと消え去っていった。

前を向けば、車内の乗客全員がぽかんとした顔で、老婆の去った方向を見つめていた。

爆発ばばあ

飛田給
とびたきゅう
京王線

――自分、けっこう変な体験してますよ。でもいつも後になってから、アレは見間違いだったんだろうなって思いなおすんです。だってその方が怖くないでしょ。

「でもたった一度だけ……言い訳のきかない本物の幽霊を見たんですよ」

そう前置きして、ヤマケンさんは自らの体験談を語りだした。

「昔、不動産会社で働いてたんで、社用車で都内のあちこち走り回ってたんですね。やけに車高が高い軽自動車だったたんですけど」

ある日の夕暮れ時。ヤマケンさんは一人きりで社用車を運転し、新宿から甲州街道をひたすら西に走っていた。この国道は府中まで京王線とほぼ並走している。そのうち飛田給駅近く、味の素スタジアムの交差点で信号が赤に変わった。

こちらがブレーキをかけていると、右車線に車が滑り込んできた。夫婦らしき男女が運転席と助手席におり、後部座席がヤマケンさんの真横になる位置で停まった。

「アメ車だったのかな？　おしゃれなクラシックカーで、車高が低いからよく見下ろせたんです。真っ赤な革張りの、ボコボコしたシートでした」

かっこいいなあと見とれているうち、信号が変わる。しばらく快調に走っていたが、また車列が詰まりはじめ、右斜め前に先ほどの車が見えてくる。

「あれ？」と目を細め、そのリアウィンドウを凝視した。

後部座席に誰かが乗っている。そこが無人だったのは、赤いシートをしげしげ見惚《みと》れたばかりなので間違いない。混乱したまま車間距離が近づいたところで。

「うわあっ！　と驚きました」

後部座席の真ん中に、うぐいす色の和服を着た、猫背の後ろ姿が見える。その不自然な座高からして、明らかにシートの上に正座しているようだ。

お婆さんだ……と思った。こちらから顔は見えない。ただ背格好と地味な着物、なによりその髪型から、とっさに判断した。

着物に合わせて、お団子にまとめた髪。といっても今どきの可愛らしいシニョンヘアとはまったく異なる。昔の老婆がしていたような、単純に後ろでひっつめただけの髪型だ。

ただ本当に驚愕したのは、それらの点ではない。

「その髪が……これは本当なので仕方ないんですけど……」

数秒ほど言いよどんだ後、ヤマケンさんが告げた。

「大爆発していたんです」

ベースが団子ヘアなのは間違いない。しかしその状態から髪の毛が大きく四方八方へ広がり、ばらけた毛先がチリチリに焼け焦げていたのだという。

「ドリフのコントで大爆発した後みたいな髪、としか説明できないんですが……」

唖然としながら見つめ続けるうち、老婆は猫背をさらに傾け、首をぐうっと前につき出した。そして運転席と助手席の間に、爆発した髪ごと、その顔を差し入れたのだ。

「よくホラーの再現映像であるじゃないですか。後部座席から幽霊が前かがみになって、運転手のすぐ近くに自分の顔を寄せて、ボソッ……となにか呟くという。そんなの過剰演出だよって思ってたのに、現実に目の当たりにしちゃったんです!」

前列の男女は気づいていないのだろうか。恐怖に震えながらハンドルを握っていると。

プーーーーッ!　後ろから甲高い音が響いた。

一瞬なにごとかと狼狽したが、すぐ後続車のクラクションだと気づいた。速度を落としすぎていたため、自分の車線の前方ががら空きになっていたのだ。

「でもスピード出せませんよ。だって右の車の前に出たら、あのお婆さんに自分が見られちゃう。こっちが見えるってことは向こうからも見えるってことですから」

そして追い抜いた後、自分は絶対にサイドミラーに目を向けてしまう。その自信がある。そうなったら老婆の顔が視界に入る。あんな髪をしているものの顔が普通のはずはない。どうしよう……どうしよう……。多摩川線の線路を越える高架上なので左折では逃げられない。ひたすら後続車を無視してノロノロ運転を続ける。

と、そこで例の車がウインカーを点灯させ、右折レーンへと進路を変更したので。

「今だ！　って思いきりアクセルを踏んで」猛スピードで走り去ったのである。

それが彼の見た、最も怖ろしい「本物の幽霊」なのだという。

「この話をすると、髪型のところでいつも皆に笑われるんですけど……」

確かに私も取材中、そのくだりで思わず吹き出してしまった。ただ、どうしてその車内に焼け焦げた老婆がいたかの背景をよくよく考えてみれば……。

かなりおぞましい話なのかもしれないが。

多摩川の河川敷にて

—ヤマケンさんの話—

中河原
なかがわら
京王線

吉田悠軌さんの『中央線怪談』や、本書においても前話に登場されているヤマケンさんから体験談を伺った。

談話の背景は多摩川の河川敷。特に、京王線聖蹟桜ヶ丘駅と京王線中河原駅の間に位置する鎌倉街道の橋《関戸橋》の旧・下流橋が主な舞台となっている。

この橋は一九三七年に架けられ、老朽化が著しかったため、現在は撤去されて仮橋を運用しつつ架橋工事の竣工を待っている状態だ。

旧橋は撤去作業済だが、建設当時は連結式コンクリート橋としては国内屈指の規模を誇り、デザイン性の高い美しい橋であったことから、地元住民に長く愛されてきた。

重厚な造りで橋脚の土台が大きく、橋梁の数ヶ所から張り出した電灯付きのバルコニーが特徴的だった。

橋の周辺は自然豊かで、さまざまな生物の棲息が確認され、鮎《あゆ》の遡上《そじょう》も見られるそうだ。

話者のヤマケンさんは京王線沿線の府中市出身、昭和六十年生まれ。

これは、二〇〇二年の八月、彼が工業高校の二年生のときに実際に起きたことだという。


最近の高校生は、お行儀がいいような気がする。僕が高校のときは、朝までオールするのはしょっちゅうで、原チャリに乗っているヤツが大半だったし、煙草は僕の周りはみんな喫っていた。今だとまとめて全員不良扱いされそうだが、僕らは不良じゃなかった。

本物の不良は、そもそも高校になんか来ない。

僕らは真面目に授業に出て、ちゃんと卒業した。

たった一人を除いて。

でも、そいつも非行に走って退学したわけじゃない。

ことの始まりは二〇〇二年八月。

その日、僕らは、工業高校の同級生の男ばかり六、七人で、昼頃から集まった。

集合場所は京王線の中河原駅。

みんな府中市か多摩市に住んでいたから、真ん中を取ったのだ。それに中河原駅前には当時、ボーリング場があって、前にも行ったことがあったから。

午後二時頃からボーリングをやって、夕方、駅前で食べ物や飲み物を買い込んだ。

どこかで宴会を開くつもりだった。最初から行くあてがあったわけじゃなくて、買い物しながら話しているうちに、川下側の関戸橋の下が良さそうだということになった。僕は子どもの頃から何度かその辺りに魚釣りに来ていて、そこの橋脚の土台に座って釣り糸を垂れた経験があった。

他にも土地勘のあるのがいて「あそこなら大人に見つからない」と言った。

その橋は橋脚が太く、土台はコンクリート製の巨大な四角い塊で、上が平らだった。土手の上からは土台の奥の方までは覗けない。おまけに橋の上から夜通し明かりが灯るバルコニーが突き出していて、その辺まで明かりが届いた。

土台の周りを川が流れているから、真夏でも涼しい。

僕たちは河原の藪の合間を縫って橋脚に辿り着くと、土台に攀《よ》じ登った。

「落ちるなよ。全員上った？」

黄昏《たそがれ》の空の下、暗い土手がどこまでも伸びていた。

方々で虫たちが大合唱している。川のせせらぎと虫の声が合わさってうるさかったが、しばらくすると耳が慣れて気にならなくなった。

時折、橋の上を通る車の音もした。まだ宵の口だ。後にしてきた駅前には人も多かった。

だが、河川敷からは人影が絶え、ただ、心地よい風が橋の下を吹いている。

「ドブ臭いんじゃないかと思って心配してたら、うちの水槽より臭わないなぁ」

「最高じゃん！」

最初はガヤガヤしていたが、僕たちは、そのうち自然に輪になって腰を落ち着けた。

初めのうちは、少し前に放送されたテレビの心霊特番を話のネタにしていた。それが呼び水になったようで、しばらくすると誰かが怖い話をしはじめた。

「こないだバイトの帰りに変なもんを視たんだよ……」とか何とか。

ロクに聞いちゃいなかったから、どんな話かは思い出せない。

僕も適当に怪談をしゃべったけど、話の内容は忘れてしまった。

ともあれ、それで、全員順番に怪談を披露し合う流れになった。

当時は、喧嘩にせよ怪談にせよ、とにかくビビるとダサいと仲間内では思われていた。

だからみんな強がって、他のヤツより怖い話をしようと躍起になったものだから、一巡しても止まらなかった。酒の力も手伝って大法螺《おおぼら》を吹きあったわけだ。

でも、やがて下戸のAが「俺、寝るわ」と言って、怪談の輪から抜けた。

Aは酒は一滴も呑めない体質だが生来のお調子者で、シラフでもにぎやかに場を盛り上げるタイプだったから、こんなふうに途中で脱落するのは、とても意外に感じた。

まだ夜の十時くらいだったし。眠くなるには早すぎる。

そこで「具合が悪いの？」と声を掛けたのだが、Ａは「大丈夫」と眠たそうな声で返事してゴロリと横になると目をつむってしまった。

だから寝不足だったのかなと思って、尚も他の連中と酒を呑みながら、尚も駄弁っていた。

ところが、二時間ぐらいして、たぶん真夜中になった頃、変な音が聞こえてきた。

「ウグググゥ……ウゥウゥ……グググググルゥ……」

犬の唸り声のようだが、Ａの方から聞こえる。

顔を覗き込むと、大粒の汗をびっしり浮かべて、見るからに具合が悪そうだった。

「おい！　どうした！」

肩を揺すって目を覚まさせようとしたら、瞼にしわを寄せて固く目をつむったまま、Ａは口を開いた。

「川の……向こう岸に……女の子がいる……」

川の対岸を見たが、丈高く伸びた雑草が夜風に吹かれているだけだった。

「そんなの、いねえじゃねえかよ」

「おっかないこと言うなよ」

「ただの寝言だろ。寝かせとけよ」

僕らは一斉にブックサ言った。

だが、みんなが文句を言い終えたとき、僕は気がついてしまったのだ。

虫の声がしなくなっていることに。

いつの間に橋の上も静まり返っていた。車が一台も走っていない。

僕たちが黙ると、聞こえてくるのは川がサーッと流れる音だけだった。

「いるよ」とAが暗い声でつぶやいた。

「手招きしてる……向こう岸から……俺たちを呼んでるよ……怖い……怖いよぉ……」

Aは涙を流し、やがてヒックヒックとしゃくりあげて泣きだした。

「怖いぃ……怖いよぉ……あっちにいるよぉ……女の子がいるぅ……」

誰かが「怖えのはこっちだよ」とAに毒づいたが、Aときたらどれだけ乱暴に揺すっても、目を閉じたまま「女の子がぁ」と、うわ言をつぶやくばかり。

すっかり酔いが醒めて、しらけてしまった。

荷物をまとめて中河原駅の方に戻ることにした。ぐにゃぐにゃして正体がないAを代わる代わる二人がかりで抱えて、まずは土手の上まで運んだ。

いい加減、起きて自力で歩いてほしかったのだが。

Aは目を開けずに「ついて来てるよ……そこまで来てる……」と、関戸橋の方を指差すではないか。

「もう怖えって！　そういうのシャレになんねぇから！」

「たぶん輪んなって怪談やったのがマズかったんだべ。降霊術も輪んなるだろ？」

何が怖いと言ってAのようすが恐ろしく、また、シーンとして誰もいない河川敷のそばにいるのも怖かったので、僕たちは必死でAを引き摺って駅前まで逃げてきた。

ボーリング場の前にベンチがあったので、ひとまずそこに寝かせた。

まだAは正気に戻らず、すぐに、ゆうらりと片腕を上げて僕らの目の前を指差した。

「ここにいるぅ」と低い声で言う。

これには全員本気でビビってしまった。強がるにも限界というものがある。

僕は一計を案じた。

「コンビニで塩を買ってくる。塩はお浄《きよ》めになるんだ。Aに塩を塗ろう」

誰も反対しなかったので、A以外の者で金を出し合って駅前のコンビニでテーブルソルトをたくさん買ってきた。

そしてAを上半身裸にして頭から塩を振りかけ、背中や顔にゴシゴシ塗った。

自分たちにも塩を振りかけ合った。

すると間もなくAがペッペと唾を吐きながら目を覚ました。

「何すんだよ！」とキレる。

みんなで事情を説明してやったが、Aは何も憶えていないようだった。

それから駅前で時間を潰して、始発に乗ってそれぞれの家に帰った。


三日ぐらいして、昼前に起きて顔を洗おうとしていたら、視界の隅で何か黒いものが動いた。

「姉貴？」


姉が洗面所を使いたがっているのかと思った。

しかし振り向くと姉の気配はなく、廊下に出てみたら、ちょうどそのとき、突き当たりの方にある僕の部屋の戸口の中程から、長い黒髪の束がバサッと飛び出してきた。

腰まで届きそうな長さの、艶《つや》やかな黒髪だった。

髪の毛だけが廊下に飛び出して揺れている……と、思ったらシュッと部屋に引っ込んだ。

……姉ではない。姉の髪はあんなに長くない。

怖かったので、部屋に戻らずに外に出掛けた。

夜になって恐るおそる帰ると、何事もなかった。

だが、また二、三日して、姉から妙なことを言われた。


「バッカじゃないの？　昨日の夜、カツラか何か使って私を脅かそうとしたでしょ？」

とんだ言いがかりだったが、カツラというのが引っ掛かった。

「もしかして長い黒髪だった？」と訊ねると、姉は「そうだよ」と、うなずいて表情を曇らせた。

「……何よ？　あんたじゃないの？　私の部屋の襖《ふすま》の隙間から髪の毛がバサッと出てきたと思ったらスーッと引っ込んで、気のせいかと思ったら、またバサバサッと……」

「そんなことしてない！」

「何か変な場所に行ったんじゃないの？　幽霊、連れてきちゃったんじゃない？」

姉は心霊現象の類を信じるたちで、自分には少し霊感があるのだと常々言っていた。

「かもしれない」と僕が言うと、姉は自分の部屋に逃げていって立て籠《こ》もった。

実際、そのとき僕は関戸橋から幽霊が憑いてきてしまったのかもしれないと思っていた。

他に心当たりがなかったのだ。

Aのことが心配になって後で連絡してみようと思ったそのとき、携帯電話に着信があり、見れば液晶画面にAの電話番号が表示されていた。

偶然とは思えないタイミングだ。

「Aくん？」と電話に出ると、僕らと同じ年頃の少女の声が、

「Aの同級生のヤマケンくんの電話で合ってます？」と言った。

「そうですけど、どちらさま？　なんでAくんの携帯から掛けてるんですか？」

「携帯、取り上げたんで。Aのヤツ、五マタしてましたから。私を入れると六マタか。携帯調べてAのオンナ全員に連絡してやったんですよ。あと、Aはヤマケンさんたちの悪口もさんざん言ってましたからね！　みんなでシメてやってください！　ヨロシク！」

——怖ッ！

その後、僕は関戸橋に行ったときの仲間全員を中河原駅前の喫茶店に呼び出した。もちろんAも。

Aは頭と右腕を包帯でグルグル巻きにして現れた。よく見たら顔じゅうに何個も一センチ角ぐらいの四角い痣《あざ》がついている。

「それ何？」と顔を指して訊ねたら、電話の彼女にハイヒールで踏まれたとのこと。

僕たちはAを責めなかったが、二学期からAは学校を休みがちになって、結局、高三の途中で退学してしまった。

こういう次第なので、あの夜、川岸に現れたのも、僕と姉が目撃した長い黒髪も、六股を掛けられたAの恋人の生き霊だったのかもしれないと僕は今でも思っている。

何もかもが懐かしい限りだ——あの僕らが四十歳になり、関戸橋は形が変わって、虫が鳴いていた土手の草藪も、中河原駅前のボーリング場も無くなった、今となっては。

ドッペルゲンガー　―ヤマケンさんの話―

前項に引き続き、ヤマケンさんの体験談をご紹介する。

彼は高二から高三にかけて府中市のスーパーマーケットでアルバイトしていた。

この話は、件のバイト先の駐車場から始まる。


三月下旬、春休みに入って間もなかったその日、僕は自転車でアルバイト先に行った。

バイト契約を更新するために必要な書類を届けるためだった。

本当は昨日、仕事の合間に提出するはずだったが、家に置き忘れてきてしまったのだ。

せっかくの休日だからつまらない用事はさっさと済ませてしまおうと思い、朝のうちに家を出た。スーパーマーケットの駐輪場に自転車を停めて事務所に書類を届けると、駐輪場から携帯電話で友人にメールを送った。

府中
ふちゅう
京王線

「今日ヒマ？　まだ家？　府中にいるんだけど遊ぶ？」

すぐに返信が届いた。

「いいね！　家！　どこ行く？　とりあえずチャリで出るから場所だけ決めよう」

「府中駅は？」と僕は返信した。

そのとき、自転車に乗った人物がすぐ横を通り過ぎて、少し離れた場所に自転車を停めた。見ると、僕が着ているのとそっくりな太いボーダー柄のシャツと茶色のカーゴパンツを身に着けた若い男だ。

体型と髪型も僕に瓜二つ。履いているスニーカーや自転車も同じ。

――こいつか！

この男について、僕には思い当たることがあった。


初めは去年の九月、高二の二学期が始まって間もない頃だった。

ある朝、登校すると、仲のいい同級生が怒った顔で近づいてきて、こう言ったのだ。

「おまえ昨日バイトだとか言ってカラオケ断ったのに、聖蹟で女の子と遊んでただろ！」

濡れ衣だった。確かに昨日カラオケに誘われたが……。

「いや、本当に府中のスーパーでバイトしてたよ。聖蹟桜ヶ丘になんて行ってない。ましてや女の子って何のこと？」

「ウソつくな。俺たちカラオケやめて聖蹟桜ヶ丘でゲームすることにしたんだよ。そしたらヤマケンが一人で歩いてるのを見ちゃったんだ。ヤマケン、聖蹟桜ヶ丘にいる先輩に女子を紹介してもらうって言ってたじゃん！」

「そうだけど、まだ誰も紹介されてないし人違いだよ！　2組のBに聞けばわかるよ」

隣のクラスのBは同じスーパーでバイトしていて、前日僕と一緒だったことをすぐに証言してくれた。

これで疑いは晴れたが、しばらくすると再び似たようなことが起きた。

「ヤマケンくん、今朝、京王線で隣の車両に乗ってたよね。いつも自転車だから珍しいこともあるもんだと思ってたんだ。電車で来たなら一緒に帰る？」

「ううん、今日も自転車だよ。僕んちすぐ近くで電車に乗る必要ないから」

「……どうしてウソつくかなぁ？　ひょっとして昨日外泊した？　彼女できた？」

このときも自転車を見せて納得してもらったけれど、面倒くさいことこの上なかった。

「僕のそっくりさんがいるんだよ！」と僕は仲間たちに宣言した。

「外で僕を見かけても、それは僕じゃないから！　わかった？」

しかし、そっくりさんに遭遇するのは同じ学校の友人だけに限らなかったのだ。

あるときは「ヤマケンくん、昨日の夜遅く、忘れ物を取りに来た？」とスーパーマーケットの主任に訊かれ、またあるときは、なんと母から「今日は学校をサボったね？　十二時頃、駅前で見かけたわよ！」と叱られた。

どれも僕ではないのに、みんなして僕だと思い込む。

そんな矢先、仲間の一人が「ドッペルゲンガーじゃね？」と教えてくれた。

だから僕はドッペルゲンガーについて調べてみたのだ。

すると「自分のドッペルゲンガーに出遭ったら死ぬ」というジンクスがあることがわかったので……。


あのとき、僕は府中のスーパーマーケットの駐輪場で深く絶望した。

そいつは従業員用の出入り口の手前で、僕のことを振り向いた。

顔をはっきり見てしまった。間違いなく僕。目が合った。

しかし今日までお蔭さまで生きているので、もしもあなたがご自分のドッペルゲンガーに遭遇されたとしても、どうかあまりご心配なさらず。

浴室の板

府中
ふちゅう
京王線

二〇一四年の一月。彼は、慌ただしい日々を過ごしていた。

府中市を中心に賃貸物件の不動産管理を行っていて、例年十二月から三月までは繁忙期。

その日も何件も内見の予約が入っていた。

最初の客は中年男性と十代の青年。近隣の大学に推薦入学が決まった息子の下宿を探しているということで、1Kや小さなワンルームを案内して回った。

結局気に入った物件があったので良かったが、とあるアパートの一室に奇妙なダメ出しをされたことが、親子と別れた後も心に引っ掛かった。

「おとうさん、この部屋、ちょっと厭《いや》な雰囲気がする」

息子がそんなことを言い、すると父親の方も「本当だ」と相槌を打ったのであった。

だが、そんなはずはなかった。リフォームしたばかりの清潔な部屋で、陽当たりも良く、周辺の環境にも問題が無かったのだ。

霊感親子かよ、と、彼は内心毒づいた。

この仕事をしていると、たまに自称霊感持ちに当たるのだ。

もしもここが心理的瑕疵物件だったら霊感の持ち主が反応しても致し方ないと思うところだが、そんな事実も無い。

ところが、午後になり、別の客を同じ部屋に連れていったところ、またしても言いがかりめいたことを言われた。

「ここ、事故物件ですよね？」

今度は若い自由業の男性だった。嫌悪感をあらわにしてそう訊ねられたので、彼は少しムッとして「違いますよ」と即座に否定した。

すると、「でも、風呂場の床が何か臭いますよ」と指摘された。

「バスユニットやタイルを新しくしたばかりですから、建材の匂いでしょう」

「そういうことじゃなくて……。もう結構です。次の部屋に案内してください」

その客も別の物件を無事に借りる運びとなったが、不思議なこともあるものだと彼は思い、事務所に戻るとさっそく問題のアパートについて調べてみた。

個人オーナーが経営している築十年の小さな二階建てで全四室。管理契約を結んでから一年に満たないことと、一階の一室だけは当初から大家の親族が住んでいるので管理契約の対象外という点を除けば、特に変わったところのない物件のはずだった。

大家は六十代の女性で、アパートに隣接する一戸建てに夫と住んでいる。

善良で模範的な市民という印象で、家の手入れも行き届いていた。

何も不審なところはないと思ったのだが、そのとき、あらためてアパートの間取り図を点検してみたところ一つ気がついたことがあった。

——そうか。問題の部屋は、大家さんの親戚が住んでいる部屋の真上なんだ。

そして、床が臭うと言われた浴室の下は、その部屋の浴室なのだった。

もしかすると大家の親戚は風呂掃除をせず、不潔にしている可能性がある。

彼自身には何も臭わなかったが、嗅覚が敏感な人には悪臭が感じ取れたのかもしれない。

前の住人は問題なく住んでいたのだから、たまたま臭いに過敏な人たちに当たってしまっただけだろう。

そんなふうに考えると腑《ふ》に落ちた。

しかし、その後も件の部屋を見た客は、見事に全員拒否反応を示した。

風呂場が厭だと指摘されたのも一回や二回ではなかった。

だから彼は床に顔をこすりつけて臭いを嗅いでみることまでしたのだ。

結局、変な臭いは全然しなかったのだが。

やがて二月も半ばを過ぎた。借り手がつかないまま一ヶ月も経ってしまったわけだ。

他の物件はどんどん成約していくのに、この部屋だけが駄目である。

悩んでいたら大家から連絡があった。

「一階のあのお部屋が空きました。見に来てください。管理をお願いしたいと思います」

願ってもない話だが、いわゆる「汚部屋」だった場合は全面的に改装しないとどうしようもない場合がある。そしてその部屋は疑わしく思われた。特に浴室が。

だが、行ってみたら、とりあえず玄関から見たところは、むしろ十年も誰かが住んでいたとは思えないほど綺麗だった。

「清掃業者を入れたのですか」と、ついてきた大家に訊ねると、「いいえ。私がお掃除しました」と言う。

「見終わったら呼びに来ていただけますか。うちにおりますので」

「では後ほど、軽く今後のスケジュールをお打ち合わせさせていただけましたら幸いなのですが、よろしいでしょうか。玄関先で構いませんので」

「もちろんです。よろしくお願い致しますね」

彼は一人になると、気になっていた浴室を真っ先に見に行った。

しかし、ここもおおむね清潔で、掃除したばかりだからだろうが、洗剤の匂いしかしなかった。

ただ、天井と接する壁の上部に、一枚だけ、小さな木の板が貼りつけられているのが気になった。

厚み一センチ、縦七、八センチ、横五センチぐらいの蒲鉾板《かまぼこいた》のようなものが壁にくっつけられていて、指を掛けて剥《は》がそうとしたが、ビクともしない。

ひどく滲んでいて判読できないが、板の表に筆文字で何か書かれている。

彼は好奇心が抑《おさ》えきれなくなった。そこで部屋を見終えると、まずは大家に浴室の板について訊ねてみようとした。

けれども彼が「あの浴室の壁の……」と言いかけた途端に、強い口調で遮られてしまったのだった。

「いいの！　あれは、いいの！　放っておいてちょうだい！」

「しかし、あのまま貼りつけておくわけには」

「いいんですよ！　大丈夫ですから！　この話はもう終わり！」

ふだんは穏やかなご婦人なのに、口から唾を飛ばして激しく打ち切ろうとする。

彼は、その剣幕に何かゾッとするものを感じて、その場は引き下がった。

とはいえ、板を貼り付けたまま貸し出すわけにもいかない。

とりあえずクリーニングやリフォームの業者に見積もりを出させた。

浴室の板についても何らかの報告が上がってくることを期待していたのだが、数日後に見積もりが届くと、その件には一言も触れられていない。

そんなはずがないと思いつつ、再び大家を訪ねて見積もりを見せた。

「……良いですね。これで進めてください」と彼女は満足そうに言った。

「あのぅ、もう一回、お部屋を見せていただけますか」

構わないという答えだったので、またあの部屋に行って浴室を見ると例の板が無くなっていた。

貼られていた痕跡すら無い。リフォーム前なので、これは奇妙だ。糊の跡くらいあってもよさそうなものだと思い、ためつすがめつして、触って確かめもしてみたが何も無い。

部屋を出ると、ちょうど隣の住人が帰ってきたところだった。おとなしそうな青年だ。

思い切って訊ねてみた。

「すみません。不動産管理会社の者ですが、ここに住んでいた方ってどんな方だったんでしょう?」

「誰も住んではいらっしゃらなかったようですよ。大家さんがときどき出入りしていらっしゃいましたけど。この部屋、もしかしてこれから賃しに出されるのですか?」

「はい。その予定です」

「初めてですよね。善《い》い人が来るといいなぁ」

「そうですね。……お引き留めしてしまって申し訳ありませんでした」

――誰も住んでいなかっただって？

住人の一言が気になって仕方がなかった。アパートの敷地に沿って一周歩いて、建物を外から観察してみた。

すると、件の一階と借り手のつかない二階に近い敷地の塀の外に、白い小皿に載せられた盛り塩がひっそりと置かれていることに気がついた。

それから何日も経たずに二階の部屋は借り手がつき、一階のその部屋もリフォーム工事などが済むと間もなく入居希望者が現れた。

いつの間にか盛り塩は片づけられていた、という。

彼の話はこれで終わりだが、私はもしかすると問題の一階の部屋に貼られていたのは金《こん》神《じん》除けの御札だったのではないかと考えた。

約十年前に大家がアパートを建てたときに、鬼門の方角に《艮《うしとら》の金神》を封じるべく、しかるべき神社で金神除けの御札を書いてもらって鬼門にあたる場所に貼りつけたのだと推察した次第だ。

金神は土地にまつわる方位神で、引越しや建物の増改築工事などの折に家の加護を祈願する意味でこれを祀る習慣が古くから存在する。

艮の金神は丁重に扱わないと激しく祟ると言われるが、後日、災厄や凶事が件のアパートを襲ったという話も聞かない。

盛り塩についても気になるゆえ、大家が金神の祀り方を変えたのかもしれないとも思う。

神さま絡みであれば、その他の奇妙な出来事の説明もつきそうな気がする。

タクシー運転手の話

ポストの幽霊？

郵便ポストも幽霊になるんだろうか？　そんなこと、考えるのも馬鹿々々しい？

だが、ちょっとそう思いたくもなるような出来事があったのだ。

数年前にオカルト好きの友人五人と、都内の心霊スポットを巡ったときのことだ。

バンを割り勘でレンタルして、運転は自分が担当した。

自分はここ十年もタクシーを転がしてきたからね。当然ながら運転はいちばん慣れているし、道路や街のあれこれにも詳しいから買って出たのだ。

東京は広い。どこを中心に見物するか決めておかなければいけないと思って、事前にみんなで相談した。

その結果、夜十時に新宿中央公園に集合して、甲州街道沿いを西へ下り、府中市の都立

国領
こくりょう
京王線

京王永山
けいおうながやま
相模原線

多磨霊園を終点にしようということになった。良いルートだと思う。途中に「出る」という噂の場所が幾つか存在するのだ。牛窪《うしくぼ》地蔵尊とか。府中競馬場とか。

だが、実はこのとき、自分には、最初から仲間たちに見せたいものがあった。

——国領駅付近の郵便ポスト。

特にいわくがあるとは聞いたことがない、赤くて四角い、大型のと普通サイズの二種類の封筒などの投函口が付いた、どの町にもある、ふつうの郵便ポストだ。

だが、こんなことがあったのだ。

自分はいつも国領駅の駅前タクシー乗り場で待機していることが多いんだが、そのひと月ほど前の深夜、駅前から乗せた客を送って再び戻ろうとしていたら、赤い郵便ポストの陰で誰かが手を挙げていることに気がついた。

駅の数十メートル手前の、都道十一号線沿いのところだ。

タクシーを停めようとして合図しているのだと思われた。

だから郵便ポストの前に車を横づけしようとした次第。

ところが、そばに寄っていってよく見たら、ポストの向こう側に人が立っていたわけではなかった。

真っ赤なポストの側面から、人間の片腕がニョッキリ生えてたのである。

これには心底、驚いた。びっくりしながら本能的にアクセルを踏んで逃げた。
国領駅に戻りながら、あらためて恐怖が込みあげてきたものだ。
結局どうしても同じ道を通りたくなくて、体調不良を言い訳に、早退してしまった。
でも、翌日は別に何も起こらなかった。
だからあれは見間違いだったのだと思うことにしたのだが……。
二、三日して、また似たような状況で例の郵便ポストの前を通りかかると、今度はそこで若い男性が手を挙げていたのであった。
ごくふつうの人に見えた。
ところが後部座席に乗せて行き先を訊ねると、すぐに答えない。
自分の声が聞こえなかったのかと思い、もう一回、「どちらまで?」と訊いたら、
「やっと乗せてくれたましたね」と言った。
やっと? どういう意味だ?
変なことを言うから怪訝に思ってバックミラーで、自分はそいつの顔を見た。
すると、そいつは鏡越しに見つめ返してきながら、煙のように姿を薄れさせだした。
みるみる消えてしまったよ。
——と、こんな話をバンを運転しながら友人らに打ち明けたのだ。

全員オバケ大好き人間ばかりだから、大喜びしてくれた。

自分も、つい何日か前に怖い思いをしたはずなのに、こうなると何か得意な気持ちになってしまった。転んでもタダでは起きないというか。

それで、甲州街道から都道十一号線へ曲がって国領駅前へ向かいつつ、「すぐそこだよ」などと言って、郵便ポストの前にバンを停めようと思ったのだ。

しかし、奇妙なことに郵便ポストが見当たらなかった。

この都道は日常的に行き来していて、件のポストそのものは何百回と見てきたのに。

無い。急に撤去されてしまったのか？

仕方がないから、この辺りのはずだと思う場所にバンを停めて、みんなでポストの痕跡を探した。

郵便ポストというのは大型車が衝突しても倒れないぐらい、土台がしっかりしているものだと聞いたことがあった。

撤去しても舗道に何らかの跡が残っていなくては、おかしい。少なくとも新しくアスファルトを敷き直してあるだろうと思った。

でも何も発見できなかったのだ。

そんなことがあったので、自分は郵便ポストのオバケを乗せたのじゃないかと思うことにした。昔あそこにポストが設置されていて、いつかタクシーに乗ってみたいと思いつつ撤去されてしまって、地縛霊のように場所に取り憑いていたのかもしれない、と。

付喪神《つくもがみ》の例もあるから、町の郵便ポストが感情を持つこともあるのでは？

永山の「わ」

鎌倉街道こと府中町田線という、東京都府中市から町田市に至る都道がある。

その途中、多摩市の永山駅付近を深夜零時過ぎににタクシーで通過していたときに、中央分離帯の上に白いひらがなの「わ」が浮かんでいた。

初めは標識だと思った。道路標識のサイズ感だったので。

てっきり「わ」の字の下にポールが付いていて、中央分離帯に立てられているのだと。

いや、そんな標識は聞いたこともないから、何かの看板かと考えなおしてみたり……。

とにかく、とても気になった。

こんなものがあったら、当然話題になるだろう？

立てられたばかりで、まだ世間では気づいていないのかもしれないとも思った。

道の左側は公園で、右側には商業施設があるけれど、とっくにシャッターを下ろしていた。

人通りも絶え、車も見える限りは一台も走っていない。

だんだん「わ」に接近してゆく。

すると、やがて気づいてしまったのだ。

文字だけが宙に浮いていることに。

驚きながら横を通り過ぎて、バックミラーで確かめると「わ」の字は裏返りもせずに同じ位置に浮いていた。

存在感は確かだった。

でも、翌朝、仕事明けに同じ場所を通ってみたら、どこにも無くなっていたけれど。

深夜の三人連れ

十年以上前のことだ。

その頃から、自分は、平日の夜は京王線国領駅南口のタクシー乗り場で待機することが多かった。

上り下りとも終電は深夜十二時台。

今は都心の方へ移転してしまったけれど、当時はとある生命保険会社の大型コールセンターが国領駅前にあって、そこの従業員さんたちは特によく利用してくれたものだ。

従業員さんの中に印象的な三人組がいた。

男性ビジネスマンが三人一組で頻繁にタクシーに乗るというだけでも珍しいと思うが、一人は骸骨みたいにガリガリに痩せていて、二人目は逆に非常に肥《ふと》った巨漢、しかもピンク色のジャケットのピンクのネクタイを締めているという超個性的な外見をしていた。

三人目は仕立ての良いスーツを着た五十がらみの男で、毎回助手席に乗ってきて運賃を払っていたので、先の二人の上司だと思われた。

三人の行き先はいつも狛江市内の閑静な住宅街だった。

必ず三人で乗ってきて一緒に降りる。

また、この人たちは全然会話をしなかった。

凄く変わっている。と、思ってはいたものの、大切な常連客だから、くれぐれも失礼のないように気をつけていた。

ピンクの巨漢氏は、毎度、後部座席の大半を占めてどっかりと座り、小声でブツブツ独り言をつぶやいていた。それでも自分は努めて無視していたものだ。

ガリガリの人は、いつも後部座席の奥で痩せた体をさらに細くして縮こまっていて気の毒だったな……。

だが、ある晩、彼はタクシー乗り場に現れず、巨漢氏と上司氏だけが乗ってきた。

いつもの行き先を上司氏から告げられて出発すると、しばらくして、後部座席の巨漢が「次はこいつの番だ」と独《ひと》り言《ご》ちたので、ギョッとした。

しかも「次はこいつの番だ、次はこいつの番だ……」と繰り返しつぶやきはじめたから、こちらは耐えがたい気分になったが、見れば上司氏は平然としている。

よく平気でいられるものだと思いつつ、黙って運転を続けた。

やがて目的地に到着した。

いつもは、上司氏が会計をし終わったタイミングで後部座席のドアを開けると、すぐに巨漢氏が降りるのだ。

だが今夜に限って、すみやかに降りようとせず、急に話しかけてきた。

「毎回私たちと一緒にいた痩せた人、今日はいないじゃないですか?」

さっきから気になっていたことだ。だから先を促すつもりで「そうですね」と答えたところ、彼は無表情に「あの人って死んでいるんですよ」と言って降りていった。

翌日の夜、国領駅前のタクシー乗り場に行くと、上司氏が一人で待っていて、ごく自然なようすで後部座席に乗り込んできた。

彼が後部座席に乗るのは初めてなのだが。

激しい違和感が湧き起こり、積もり積もった疑問をついに抑えきれなくなってしまった。

そこで「いつも三人で乗っていらっしゃいましたよね」と訊ねてみた。

この質問に「いいえ」と上司氏は答えた。

「何度も利用させていただいてきましたが、私はずっと一人でしたよ」

そんな馬鹿なと自分は思った。

「でも、毎回、大柄な方とスリムな方をお連れだったじゃありませんか?」

「ああ、その二人か……」と彼はつぶやいた。

そして「彼らは亡くなっているんだよ」と言ったのであった。

以降、国領駅前で彼を見かけなくなった。

自分は常に同じ時間帯に同じ駅前のタクシー乗り場にいるわけだから、急に転勤するか亡くなりでもしない限り乗らなくなるのは不思議な感じがした。

彼は最初から一人で、例の二人は幽霊だったのだろうか。

だとしたら、なぜいつも助手席に乗ってきたのだろう。

それとも、そんな気がしていただけで、実際には後部座席に乗せていたのか……。

当時はうちのタクシー会社には車内用の車載カメラが無かったので、何も確認できず、未だに胸の奥がモヤモヤしている。

指人形を捕ったこと

—八王子育ちの四十代の男性の話—

京王八王子
けいおうはちおうじ
京王線

三十年以上前のこと。当時、小学生の遊びといったら外遊びが主流だった。

僕ら八王子っ子の足は自転車。同級生の仲間たちと公園や河川敷に行くことが多かった。浅川《あさがわ》や谷地川《やじがわ》といった川が市内を流れているから、釣りを覚える前はおたまじゃくしやザリガニを捕ったり、小石で水切りをしたり……どれも他愛ない遊びだが愉しかった。

だが、僕にはしばらく川に近づかなかった時期がある。

とある出来事がトラウマとなって、川から遠ざかっていたのだ。

小二の夏休みに、幼なじみと二人でザリガニを捕りに行ったときにそれは起きた。

幼なじみの家でお昼ご飯をご馳走になったばかりだったから、午後一時を少し過ぎたくらいだったと思う。

僕たちは、それぞれ自転車の前カゴにバケツを入れ、竿の付いた網を紐で背中に括りつけて行って、橋のたもとに自転車を停めると、道具を持って水辺に下りた。

川原に雑草が生い繁り、草いきれがした。水遊びをしている家族連れが一組。彼らを避けて、なるべく人のいない上流の方へ川岸を歩いていった。

釣りをしている人たちも見かけた。

八王子市内の川は意外に水が綺麗で、水棲生物の宝庫なのだ。八王子市役所のそばの浅川にもカジカがいるほどだ。ドジョウやトビゲラもいる。もちろんザリガニも。

真夏の陽射しにチリチリと首すじや二の腕を焼かれながら、僕たちは獲物を探した。

次第に上流へ、人の少ない方へ行って……ようやく周囲から人の気配が消えたと思ったそのとき、ピンクやブルー、オレンジ色をした何かカラフルなものが川岸に流れてきた。

網ですくってみたら、ソフトビニール製の小さなマスコット人形だった。

テレビアニメのキャラクターを模した、いわゆるソフビの指人形だ。

「あっ、たくさん流れてくる！」と幼なじみが興奮して上流を指差した。

見れば、二、三十個が一団となって川面を流れてくるところだった。

僕たちは指人形たちを網ですくいはじめた。

ところが、十個ぐらい捕ったところで、僕はそれらの表面がぬるぬるした透明の粘液で覆われていることに気がついた。

「よく見たら、何だかこれ、気持ちわるいよ」と僕は幼なじみに言った。

「後で洗えばいいじゃん。いらないいなら頂戴」

幼なじみはザリガニのことなどすっかり忘れてしまったみたいだった。

指人形は、全部すくってしまったと思った途端に、再びまとまった数が流れてきた。

それを見て、「川上の方に箱があるんじゃないかな」と幼なじみは言った。

「きっと指人形を詰めた箱が落ちていて、そこからこぼれてきているんだよ。箱ごと持って帰ろう。川上に行くから、ついて来てよ」

気は進まなかったが、せっかくの夏休みの一日を仲違いで台無しにするのが厭だったから、僕は幼なじみの後について川べりを上流の方へ歩いた。

指人形はまだ流れてきて、そのたびに幼なじみは網ですくって自分のバケツに放り込んだ。

あいかわらず粘液まみれで、しかも次第にその粘度が増してきたような気がした。

バケツに入れるときに網から糸を引くのを見て、幼なじみが「なんだろう、これ」と小声でつぶやいた。

ちょうど灌木《かんぼく》の繁みが川岸に張り出して前方を塞いでいたせいもあって、川下に引き返すなら今だ、と僕は思った。

だが、僕が何か言うより先に、繁みの奥から人間がえずく声が聞こえてきた。

ゲエゲエ、激しくえずいている。

僕たちは好奇心に駆られて、土手を上って繁みの向こう側へ抜けてみた。

繁みの陰に、茶色いボロをまとった人のようなものが屈み込んでいた。

川面に向かって指人形を吐いている。

すでに僕らは百個あまりも捕った。なのに、目の前で同じものを数十個も吐き、呆気に取られて見ているうちに、また、今までにも増して大量にゲロゲロゲローッと吐いた。

色とりどりの指人形の周りで粘液が泡立つ。あぶくを弾けさせながら川を流れてゆく。

そして……そいつが僕らの方を振り向いた。

痩せ細った手足と比べて異様に大きな頭と腹。

今の僕なら、古い絵草紙に描かれた餓鬼そのものだと思うことだろう。

耳まで裂けた巨大な口から粘っこいよだれが滝のように溢れ、ゲップと共にピンク色のソフビ人形が一つ、チュプンと飛び出すのを、僕は見た。

僕らはバケツを放り出して幼なじみの家まで逃げ帰り、以降、中学生になって魚釣りに目覚めるまで、どこの川にも近づかなかった。

魚を釣るにしても未だにあの場所は避けているし、ソフビの指人形は見るのも苦手だ。

代田の踏切から……

電車の踏切は全国的に減少傾向にある。京王電鉄でも立体交差化などを行って、踏切の整理を行ってきた。代表的なところでは、新宿・初台間や調布駅付近の地下化、長沼・北野駅付近と府中駅付近の高架化などが挙げられる。

最近では、笹塚・仙川駅間の連続立体交差工事を進めている。この区間を高架化することにより二十五ヶ所の踏切を除却しながら、同時に七ヶ所の道路を立体化するといった大掛かりなもので、東京都が事業主体となって京王電鉄と共同して取り組んでいるという。

二年ほど前に、代田橋駅付近の踏切で死亡事故があった。七月の夕方、新宿駅から橋本方面へ向かう特急電車に撥ねられて、男性二人が亡くなったのだ。二人は遮断機が下りた踏切内にいたのだという。

高架が完成すれば、こうした事故を未然に防げるようになるわけだ。

代田橋
だいたばし
京王線

この踏切については、昔、インターネットの掲示板サイトに記事が載ったことがある。踏切のそばに卒塔婆《そとば》のようなものが束にして置かれており、気味が悪いというのだ。

先日、拙著の読者さんから、その卒塔婆らしき何かを実際に見たという報告が届いた。

「十年以上前のことになりますが、当時、私は通勤に京王線の仙川駅を利用していて、ネットの投稿によれば、それは新宿駅から明大前まで間のどこかにあるということでした。

そこで、探してみたところ、代田橋駅の明大前駅側の横にある踏切にそれらしいものを発見しました。卒塔婆にしては長すぎるような気がしましたが、文字が書いてある薄くて細長い板で、十本ぐらいまとめて紐で括《くく》ってありました。あれは何だったのでしょう?」

調べてみると、代田橋駅横の踏切付近に大原斎場という単立神道系の宗教法人があり、敷地内に墓地を有しており、塀の外から長い卒塔婆のようなものも認められた。

神道では、死後間もない儀式を霊祭、一周忌以降の儀式を式年祭と呼び、これは仏式の法事に相当する。そのとき、卒塔婆に似た形状の霊祭票という板を立てることがある。

大原斎場の霊園にも霊祭票が立っていたので、読者さんがご覧になったのはこれに違いない。撤去する際に一時的に置いていただけで、深い意味はなさそうだ。

それよりも大原斎場の付近にある《北向子育地蔵尊》の方が気になった。

これは、かつてここが代田村と呼ばれていた昔に、北側から魔が侵入することを防ぐ厄除け地蔵だったとのこと。西向・南向にあった地蔵も近隣の円乗院に移されて現存しており、東向の地蔵は戦災で失われてしまったが代わりの地蔵塔が三宿にあるという。

つい先日、深夜に、北向子育地蔵尊を見にいった折に、代田橋駅の工事現場の方から建物が倒壊したかのような地響きを伴う物音が聞こえてきた。

何か事故でもあったのかと思ったが、通報されて誰かが飛んでくる気配もなく、その後も何ら報道されなかった。

聞くところによると代田橋の地名の由来は伝説の巨人《だいだらぼっち》だそうだ。かつて代田には、巨人の足跡に見立てられて《だいだらぼっち》と呼ばれた湧水による低地があったそうで、小田急線・世田谷代田駅の駅前広場には足跡のタイル装飾が施されている。だが本当に《だいだらぼっち》があったのは、京王線の代田駅から南へ一キロほど行った旧守山小学校跡の辺りだったのではないかとする説も存在する。

そういう次第で、さっきの大きな音は、もしや、だいだらぼっちの霊魂が挨拶を寄越してくれたのかもしれないと思ったのであった。

ねこばばの罰

明大前
めいだいまえ
京王線　井の頭線

十数年前の一時期、うちの夫と息子が明大前駅から徒歩十分ほどの場所にある柔術道場に通っていて、当時は週に一、二度は私もその辺りを訪れていた。

それより昔、学生の頃にも明大前駅は何度も利用していたが、駅舎の外へ出たことは一度もなかった。息子が柔術を習いはじめたときにはまだ三歳で、送迎する必要があって通いだしてから、駅の周辺の松原界隈を歩きまわるようになったのだ。

来たついでに家族で食事や買い物をするだけの場合が多かったが、練習が終わるまでの待ち時間に私独りで散策してみたことも何度かあった。

あるとき足の赴くまま独りで適当に歩きまわっていたら、明治大学和泉キャンパスの近くで《玉川上水公園》という公園を見つけた。

今はどうなっているのかわからないが、当時は鯨を模した幼児向けの遊具や砂場が設けられていたので、後日、息子を連れていった。

四月の平日、晴れた午後だった。五時半に夫と明大駅前で待ち合わせをしていた。しばらく遊びに付き合ったが、やがて息子が砂場に落ちていたスコップを拾って穴を掘りはじめた。穴を掘るだけで愉しめる年頃だ。放っておくと夢中でいつまでも掘っている。と、思ったら、何か掘り当てた。

「おかあさん、これなあに?」

見れば日本刀の鍔《つば》だった。縦横八センチ、厚み五ミリ程度で、掌に乗せると重みがある。黒い鋳物《いもの》だが、錆が浮いておらず、表面に光沢があるので、古い物ではなさそうだ。よく見ると縁《へり》にバリが出ている。意匠もそっけなく、居合刀か模造刀用の安い鍔だと思われた。

「宝物だ!」と息子は喜び、持って帰ると言ってきかなかった。

一見して値打ちがありそうな物であれば交番に届けたであろう。だが、そうではなかったから、私はその鍔を公園の水道で洗って息子のリュックに入れてやり、「少しお散歩しよう」と言って井の頭通りの方へ歩きはじめた。

公園に赤い柱の時計台があり、時刻は三時を指していた。

しばらく歩くと通り沿いにまた別の公園があったのでそこで少し遊び、明大前駅の方へ引き返した。

――すると、どうしたことか道に迷ったのである。

道は単純で迷いようがなかったはずだが、ほどなく神田川にぶつかり、逆方向に歩いてきてしまったことに気がついた。そこで道を引き返したのだが、しばらくすると再び川沿いの遊歩道に出てしまって途方に暮れた。

「おかあさん、どうしたの？」

何も言わずとも息子が私の不安を察知して、心配そうなようすになった。

「なんでもないよ」と答えて深呼吸をし、川沿いに左右を見渡して人影を探した。スマホが無い時分のことだ。道を訊こうと思ったのである。

ところが誰も見当たらない。まだ日が高く、周辺は住宅街なのに誰も歩いていない。

立ち止まっていてもらちが明かないから、息子の手を引いて遊歩道を歩きだそうとすると、季節外れの蚊柱が目の前に立ちふさがった。

突っ切るのも厭なのでまた引き返して、川沿いをずんずん歩いていたところ五分くらいで大きな道路へポンと抜け出せた。

そこへちょうどよくタクシーが通りかかった。

手を挙げて停め、息子と一緒に乗り込んで、明大前駅へ行ってもらうことにして、恐るおそる「ここどこですか？」と場所を訊ねると「中野車庫です」と運転手は言った。

これを聞いて驚いた。どう考えても三キロ以上は距離がある。そんなに歩いたはずがない。なにしろ三歳児を連れていたのだ。迷子になって行きつ戻りつしたけれど、歩いていたのは体感では二十分にも満たなかったと思われた。

しかしタクシーは、およそ二十分もかけて明大前の駅付近に到着し、そのときにはすでに五時で、夕暮れが迫っていた。

玉川上水公園を発ってから約二時間。まったく不思議なこともあるものだと動揺しつつ、夫を駅前のショッピングモールで待つことにした。

モール内の手頃なカフェに腰を落ち着けると、息子が背負っていたリュックサックを下ろして中を探りはじめた。

「僕の宝物どこ？　なくなっちゃった！」

「どれ、見せてごらん」と言ってリュックの中身を確かめると、なぜか鍔が見つからない。

――このとき私は、鍔を猫糞《ねこばば》したから罰があたったのだと悟ったのであった。

あれは公園に置いてくるべきだった。拾ってきてはいけないものだったに違いない。

ちなみに、それきり失くしたと思っていたけれど、数年前に同じ型の鋳物の鍔を和雑貨の店で見つけて購入した。量産品だから、あのときの鍔というわけではなかろう。

でも、息子が幼かった頃の想い出の品として、私は今でも大事にしている。

人魂の家

この度、本書を綴るにあたり、怪異体験談をＷＥＢ小説サイト《カクヨム》に投稿されているペンネーム「栃木妖怪研究所」さんをインタビューさせていただいた。

栃木妖怪研究所さんは一九八〇年代前半に都内に下宿して学生生活を送っていた。

今回ご紹介したいのは、その頃、彼が杉並区某所で経験した出来事だ。

そこは、京王線西永福駅・永福町駅、丸の内線南阿佐ヶ谷駅を繋ぐトライアングルの中で、当時も現在も住宅地だ。

路地が縦横に走り、ところどころに二階建てアパートを挟みつつ一戸建住宅が建ち並ぶ。小規模な賃貸住宅が多いのは、都内に古くからある住宅街の特徴かもしれない。エリア内に善福寺川が流れ、川辺は広々とした公園になっている。

取材に訪れた折に、これから綴るお話に登場する銭湯が、八十年代当時の店構えを保ちながらまだ営業しており、その時代を私自身も記憶しているので懐かしく感じた。

西永福
にしえいふく
井の頭線

永福町
えいふくちょう
井の頭線

起稿に先立ち、インタビューと実地踏査の他に、栃木妖怪研究所さんが《カクヨム》に書いた体験談『阿佐ヶ谷』（※2）と、私自身の旧作『実話奇譚　呪情』に所収した「欠番の家」を参照した。

拙著「欠番の家」は有名な殺人事件の一種の後日談で、一方、彼が語った話は事件発生当時にオンタイムで起きた出来事となっていた。

※2　https://kakuyomu.jp/works/16818093077634469274/episodes/16818093080033465232

杉並区の善福寺川の近くにアパートを借りたのは、友人知人が近隣に多く住んでいたせいと、上京したときに入居した下宿の汲み取り式便所の夏の悪臭に辟易《へきえき》したからだ。

家賃が二万円とお手頃で、現代的な水洗トイレが備わった物件が運好く見つかり、暮らしはじめて三年ほど経ったあるとき、近所に住んでいる同い年の友人にこんなことを言われた。

「ここ家賃が安くない？　昔この辺で一家心中があったたって噂を聞いたけど、本当？」

僕は「さあ」と答えた。しらばくれたわけではなく本当に知らなかったのだ。

だが、僕のアパートと同じ区画では、世間を震撼せしめた事件が……いや、それと深く関わる出来事が発生していた。それは件の友人も知っていたはずであった。

「そんな曖昧な噂なんかより、去年起きたアレの方が凄いことだったじゃないか」

「うん、そうだね」と友人は急に神妙な面持ちになって相槌を打った。


――前の年の六月の終わり頃の夜、大学三年生だった僕は部屋で扇風機にあたっていた。蒸し暑い晩だった。時間を持て余しており、まだ午後十時を少し過ぎたばかりだったが、もう寝てしまおうと思いはじめたとき、ドドドッとせっかちにドアがノックされた。

「早く開けてくれ！」と、いつもの友人がドアの外で叫ぶので、「はいはい」と返事しながら出てみると、僕を押しのけて部屋に転がり込んできた。

「おいおい。どうした？」

友人は「今、凄いヤバいもんを見ちゃったかも！」と言いながら床にへたり込んだ。見れば顔面蒼白で、歯の根も合わないほど震えている。

「まあ、座れよ。呑みながら話を聞くから。コロッケの残りと乾き物でいい？」

「あ、俺も、これ」と彼は、僕に紙袋を差し出した。

「何？」

「実家から送ってきた冷凍の肉団子。さっき、おすそわけしてやろうと思いついて……」

彼には思いつきで動く悪癖があった。深夜急に訪ねてくることも珍しくなかった。

今晩も思い立ったが吉日、肉団子を携えて、曲がりくねった細い路地を抜けてうちへやって来たのである。

この界隈は「あみだくじ」のように細い道が入り組んでおり、引っ越してきた頃は何度か民家の私道や庭先にうっかり迷い込んでしまったものだ。

彼は西永福駅のそばの民家に間借りしていて、ここまでは歩いて十分ぐらいなのだが、初めの頃はよく迷子になっていた。

「このアパートの敷地にくっついて古い家が建ってるだろ?」

「ああ、庭が広いとこ? 家で会社をやってるみたいで、看板が掛かってるよね」

「そう、たぶんその家。そこの前を通りかかったら、蒼白く光る人魂が五個、家の周りをグルグル回りながら飛んでたんだ。……で、それぞれに断末魔の叫びを上げているように感じたんだ。そのとき凄まじい怒りや悲しみの感情が俺に伝わってきた。大人だけじゃなく、小さな子どもたちも泣き叫んでいたんだよ……」

「ちょっと待て。人魂が叫んでいたって言うのか?」

「いいや、そうじゃない。うまく説明するのが難しいんだが、そういう物凄い気持ちや、大人や子どもたちの叫び声が直接、俺の頭の中に入ってきたんだ。怖くなって、走って逃げてきた。部屋にいてくれてよかったよ。今夜は泊めてくれ」

これを聞いて僕は、俄然、好奇心を掻き立てられた。

「よし。じゃあ見に行こう」と言った。

友人は真っ青になってブルブルと顔を横に振り「ダメ！　よせ！　あれは視ない方がいい！」と引き留めた。

仕方ないので、その夜はラジカセで深夜のラジオ番組を聴きながら、二人でボソボソ話して終わった。


翌朝は、ニュース番組のオープニング曲に叩き起こされた。ラジオを点けっぱなしにして眠ってしまったのだ。

短いジングルとアナウンサーの挨拶に続いて今朝のニュースが始まった。

――昨日、俳優の沖雅也さんが新宿の京王プラザホテル最上階から飛び降り自殺を図って死亡しました――

僕は寝ていた友人を揺り起こして「沖雅也が亡くなったって」と言った。

「スコッチ刑事？　『太陽にほえろ！』の？」

「そうみたい。驚いたなぁ」

友人は「俺は昨夜の人魂の方が驚いたよ。今日は大学に行くけど、あの家の前は通りたくない」などとブックサ言いながら帰り支度を始めた。

僕たちは一緒にアパートを出て、彼は下宿にいったん戻り、僕は西永福駅から電車を乗り継いで大学へ行った。

キャンパスでは俳優の自殺事件の噂で持ちきりだった。

それ以外、日中は特に変わったこともなく、四時頃から日没まで阿佐ヶ谷駅の近くで土木作業のアルバイトをして、歩いて帰ってきた。

阿佐ヶ谷からうちまでは徒歩で三十分ぐらいかかる。

午後七時過ぎ、ようやくアパートのある区画に差し掛かると、前方の路地を埋めるように人だかりがしていた。

制服警官たちや報道カメラマンのような人々、近所の住人らが入り乱れ、えらい騒ぎだ。

人混みの中心に、友人が人魂を目撃したという家があった。

何か事件があったようだ。

もしかするとあの家の住人が亡くなったのだろうか。だから人魂が飛んでいた。そういうことなのでは……。

僕は好奇心を掻き立てられて、そちらに近づこうとした。だが、そのときちょうど警察官が野次馬を排除しはじめ、早々に追い立てられてしまった。

仕方がないので、とりあえずいったん帰宅して、銭湯へ行くことにした。

アパートのすぐ近くにある銭湯だ。僕は風呂好きで、三日にあげず通っている。

洗い場で汗を流し、湯船につかっていたところ、ここでよく顔を合わせる近所のおじいさん連中が興奮した口調でこんな会話を交わしているのが耳に入った。

「いやぁ、たまげた。あのうちの息子さんがねぇ！」

「そんな人には見えなかったけどなぁ。あんな庭つきの立派な家に住んでいなさるのに」

あの家のことだと直感して、気になったので「近所に警官が来てましたよね。何があったんですか？」と訊いてみた。

すると、おじいさんたちは口々に、件の家の主が殺人犯として逮捕されたのだと教えてくれた。

「テレビで散々やってるよ。一日で五人も殺したそうだよ、恐ろしいねぇ！」

「子どもが一人だけ助かったって？　かわいそうに。ご両親は死んでも死にきれまいよ」

銭湯からの帰り道、僕はコンビニに立ち寄ると、生まれて初めて新聞を買った。

アパートに着くまで待ちきれず、コンビニの店先で広げて読んでみたら、沖雅也の自殺の続報と共に、問題の殺人事件について詳しく報じられていた。

そして僕は知ったのだ。

友人が五つの人魂を視て、それらが発する悲痛な叫びを感じたのは、犯行が行われた日の夜だということを。

さらに、後日、週刊誌に掲載された詳報によれば、友人がうちに来たのは、最後の被害者が亡くなった直後のようだった。

つまり、おそらく五人目の死者は、自らの命が尽きると同時に、すでに殺害されていた家族の霊魂と連れ立って犯人の家に感情をぶつけにきたのだ。


事件から一週間後、例の友人と僕は善福寺川の辺りを散策した。二人ともバイト帰りで、辺りはとっぷりと暮れていた。まだ行ったことのないラーメン屋か何かを開拓するつもりだったが好い店が見つからず、コンビニで買った握り飯で空腹をごまかしていたら、

「これから銭湯に行かない？」と友人が僕に言った。

「いいけど、いつもの銭湯からだいぶ離れちゃったな」

「そうかな？　さっきウロウロしてたとき、あっちの方に煙突が見えた気がしたけど」

友人が指差した方向に歩いていくと、はたして家々の屋根の向こうから、煙突のシルエットが高々と突き出していた。

そこで、そっちを目指して行ったのだが、途中で街灯が途切れて足もとが暗くなってしまった。家々の窓から漏れる明かりだけを頼りに歩いていたら、気づけば広い墓地に足を踏み入れていた。

それに気づくと友人が「うひぃ」と変な声を上げて走りだした。

「待て待て！　どこに行くんだ！」

「あっち！」と、指した方に煙突の影があった。

銭湯だ。あそこに銭湯がある。

僕らはそう信じて疑っていなかった。

しかし、違った。

一気に墓地を駆け抜けて行ってみたら、斎場の看板が掛かっていた。

火葬場の煙突だったのだ。

そのときハタと気がついた。今日は、あの事件の被害者さんたちの初七日だ。

「おい……マズいよ。導かれてきた気がするよ……」

「導かれたって？　何に？　怖いこと言うなよ！」

墓地を迂回して来た方へ戻ろうとしたが、古い住宅地の路地に迷い込んでしまって、どこへ向かっているのか、さっぱりわからなくなってしまった。

お終いには二人ともヤケクソになってメチャクチャに駆け回っていたら、やがて前方に街灯に明るく照らされた車道が見えてきた。

路面に《五日市街道》と記されており、路地と交差した角にマンションが建っていた。

歩道から引っ込んだマンションの出入り口に座り込んで、僕らは一息ついた。

「墓地からずっと背中が重い感じがする」と友人は不気味なことをつぶやき、そう言われてみれば僕も首筋から背中にかけて冷たく痺れたような違和感を覚えていたので、

「霊を祓うには叩くといいらしいよ。昔テレビで見た」と教えたところ、汗まみれの男の背中をベチャベチャ叩き合うことになった。

それが幸いしたようで、その後、無事に僕らは僕のアパートの方へ戻ることが出来た。


翌日の午後、出掛けようとしたら、同じアパートの住人がちょうど帰ってきて、「たった今、五日市街道のマンションで飛び降り自殺があったよ」と僕に言った。

どこかと思えば、昨夜、友人と背中を引っ叩き合ったマンションだった。

行ってみると、パトカーや救急車が停まり、人が大勢集まっていた。

僕は急に虚しい気持ちに襲われて、そこから離れた。

亡くなった人たちに対して僕がしてあげられることは一つも無かった。

出来ることと言ったら、心の中で手を合わせるぐらいだった。

あの日、せめて精一杯生きようと誓った——やがて社会人になり、家庭を持って、子どもたちは当時の僕らの歳を越えた。

人間は儚《はかな》いものだけれど未来に希望を繋いでいける。

命が尽きるまで、謙虚に、誠実に、日々を過ごせたなら、きっと。

マーキング

コズエさんの西永福のマンションに、終電を逃した弟が泊まりにきた。

優しい姉であるコズエさんは、自分のベッドの横に布団を敷き、弟をそこに寝かせてあげた。姉弟そろって眠りについて、しばらく経った頃。

弟のけたたましい叫び声が響いた。びっくりして飛び起き、布団の方を向くと。

弟の上に、男が四つん這いで覆いかぶさっていた。

一瞬でそれが男とわかったのは、全裸だったからだ。しかもミケランジェロのダビデ像さながら、引き締まった筋骨隆々の肉体である。

しかし男がダビデ像のような美男子かどうかは、闇に潰れて見えなかった。部屋の暗さのためではない。男の顔全体に、黒々とした渦が巻いていたからだ。

この渦を、直視してはいけない。咄嗟にそう感じたコズエさんは、男の腰へと視線を逸らした。

西永福
にしえいふく
井の頭線

そこで気づいたのだが、男は寝ている弟と互い違いになるかたちで上に乗っている。四つん這いになって落とした腰の、その下に弟の頭がある。

つまり男は自分の男性器を、弟の顔に押しつけているのだ。

よほど苦しいのだろうか、弟はまだ低い唸り声をあげ続けている。

どうすればいいかわからず、しばらく男の腰を凝視し続けることしかできなかった。

すると男が、こちらに黒い渦の顔を向けた。

次は自分か！　そう焦ったのもつかの間、男の方が、サッと顔をそむけた。

明らかに、すぐ横にコズエさんがいることに気づいてビックリした、という仕草である。

続いて男は四つん這いのまま、ゆっくり前に移動しはじめた。コズエさんに怒られる前に、穏便に逃げ出そうとするかのごとく。もちろん表情はまったく読めないのだが、その所作の具合から、男がものすごく気まずく思っていることがひしひしと伝わってくる。

全裸男はそのまま、部屋の向こうの闇に消えていった。


それが十年前のこと。

あの男は、以前からずっと弟にとり憑いていたのだろうか。毎夜、その股間を弟に押しつけていたのだろうか。そして西永福に泊まった夜だけ、横に見知らぬ女がいてビックリしたのだろうか。

ともかく弟はそれから現在に至るまで、健康には支障なく元気で過ごしている。

ただしこの時期から、弟はゲイの男性たちにばかりモテるようになった。またその代償かのごとく、弟の恋愛対象である女性陣にはとんと縁が無くなってしまった。

「どうして誰ともちゃんと付き合えないんだろう……」

よくそうボヤいている弟は、四十歳の今も独身である。

あの全裸男はまだ、弟に執着しているのだろうな。

コズエさんはそう思っている。

おわび

高幡不動
たかはたふどう
京王線　動物園線

お不動さんがかっこよくて、好きになっちゃったから。

トモコさんが練馬から高幡不動へと引っ越したのは、そんな理由からだった。かっこいいお不動さんとは、駅名の由来にもなっている明王院金剛寺《こんごうじ》の不動像のこと。

当時の彼女はずいぶん若かったし、感情にまっすぐ忠実に生きていた。不動明王を好きになってしまうのも、なんだか頷けるような性格だった。

そんな彼女が衝動に任せて転居した先は、二階建ての安アパート。一階と二階に四部屋ずつが並び、外廊下が道路に面している。洗濯機置き場が室外の廊下となっているのも、築年数の古い物件によくあるパターンだ。

そこに越して三ヶ月ほどが経った、初夏の夕暮れ時。

帰宅したトモコさんは、アパート前に一人の男が立っていることに気づいた。黒い半袖シャツを着ており、やけに硬直した表情で、近づく自分を目で追いかけてくる。

――誰だろう、こんな人いたかな。

まだアパート住人の顔は把握していない。いちおう軽い会釈をしてその前を通り過ぎ、階段を昇っていった。二階のいちばん右端、２０４号室が彼女の部屋だ。玄関の手前でなにげなく振り向くと、外廊下の手すりごしに地上が視界に入る。

男は、先ほどと同じ場所に同じ姿勢で立っていた。ただし頭だけを後ろにねじり、二階の自分を見つめながら。

――やだ、気持ち悪い。

慌てて室内に入ったところで気がついた。自分の部屋が相手に知られてしまったではないか。

鍵をかけるだけでなく、いつもは使わないドアチェーンでも戸締りした。男の正体は不明だが、今夜はこのまま外に出ない方がいいだろう。

そう決意したものの、夕飯が終わり酒を飲んでいるうち、だんだん気が大きくなっていく。

二十二時になると、いつもの習慣から洗濯をしたくなってきた。

帰宅時からは六時間も経っているし、洗濯機は玄関のすぐ右側にある。その日使った服を入れ、翌朝に洗い濯《すす》ぎが終わるようタイマーをセットするだけだ。

玄関前に出るだけでいちいち着替えたりはしない。この時もノーブラのタンクトップ、短パンという部屋着のままでドアを開けた。洗濯槽の中に服を放り込み、洗剤を手に持ったところで、廊下の端を人影が動くのが見えた。

階段からこちらに向かって歩いてくるようだ。暗くてよく見えないが、男性の背丈である。トモコさんの露出した手足に、ぞわりと焦燥が走った。

とはいえ二階の住人とタイミング悪く出くわしただけで、いきなり逃げ出すのは失礼だ。冷静を装って洗剤のキャップを外しつつ、横目で左方向を窺う。

しかし人影は、201号室の前をまっすぐ通過した。202号室に来ても速度を緩めない。我慢しきれず左側を直視すると、数メートル先でその顔が蛍光灯に照らされた。

硬直した表情、黒いシャツ。夕方の、あの男だ。

男は203号室の玄関を、一瞥《いちべつ》もせずに通り過ぎた。

悲鳴すら出せず、とにかく玄関の中に滑り込み、慌てて施錠した。扉が叩かれるかと危惧したが、外からは足音すら聞こえなかった。部屋の奥に逃げた後、大きめの上着を羽織って、短パンの上からジーンズを履いた。

そうこうしているうち、だんだん腹の底から怒りの感情がせりあがってきた。不動明王が大好きなだけあって、こうなるともう衝動を抑えることができない。

勢いに任せて玄関の外に出た。無人の廊下を走り抜けると、男はちょうど階段を降りきるところだった。そのままアパート前の道路へ逃げていきそうな足取りに、トモコさんの怒りの炎がさらに燃え上がった。

「ふざけんな！　馬鹿野郎！」

渾身の怒鳴り声を、男の背中に浴びせた。

すると男は足を止め、ターンするように全身で振り向いた。なぜかその両腕を、高々と宙に突き上げながら。

「えっ」

次の瞬間、男の首と両手両足が、ぬるりと長く伸びた。

それらは五匹の蛇のように、うねくりながら二倍、三倍の長さへと伸びていく。

そして男は、万歳をした格好で大きくジャンプをした。

一度、二度、三度。跳躍に合わせて、伸びきった首と手足がぬらぬらと揺れる。

あまりの事態に、トモコさんは声もなく立ちつくした。

男はまったくの無言だった。しかし垂直に飛び上がる様子は、悪戯《いたずら》っ子が「やーい！やーい！」とはやしたてているような、幼稚な悪意が滲んでいた。

そんな動作と対照的だったのが、男の表情だ。

あちこちが硬くこわばっていた。目を大きく見開きながらも、口は真横に閉じられていた。明らかに「俺はいったいなにをやっているんだろう」と驚いている表情だった。奇妙なジャンプよりも、長く伸びた首と手足よりも。男のその顔つきこそが、とてつもなく怖ろしかった。


気づいた時には、自室に逃げ帰っていた。震える指で必死にチェーンをかけようとしている自分がいた。

なにが起きたかわからない。わからないけど、とにかく、これはまずい。

玄関から離れたトモコさんは、すぐに警察へ電話をかけた。不審者に部屋の中に入られそうになったと伝えると、わずか五分でパトカーが到着した。

部屋を訪ねてきた警察官に対し、夕方から現時点にかけての出来事をすべて伝える。もちろん男の首と手足が伸びたこと以外は、だが。

「では、このあたりをパトロールしてみます。まだ付近にその男がいるかもしれないので」

警察官を階段まで見送ると、道路には三台のパトカーが停まっていた。無音で回るパトランプの灯りに誘われたように、アパート住人がぞろぞろと野次馬に集まっていた。

そこで一階端の玄関が開き、人影が出てきた。その住人はパトカーに乗り込もうとしていた警察官に近づき、なにやら話しかけている。暗いので顔は確認できないが、男性らしき声が聞こえた。さらに続けて、「えっ」という警察官の驚きの声も響く。

——なにか有力な情報を提供してくれているのかな。

そう思っているうち、警察官が踵《きびす》を返し、なぜかまた階段をこちらへと昇ってきた。そして不審な顔で出迎えるトモコさんに、思いもよらぬ言葉を告げてきたのだ。

「不審者は、101号室の人のようです」

「……はい?」

「さきほど、その部屋の男性から『なにかあったんですか』と聞かれました。『このあたりに不審者が出たんですよ』と伝えたところ」

それ、僕ではないですか——男性はそう呟いたのだという。

「いったいどういうことですか」と警察官が尋ねると。

「僕、さっき二階の女の人に怒鳴られましたよ」

「あなたは二階に行ったんですか」

「行きました」

「なぜ行ったんですか?」

「二階の人とお話がしたかった」

「はあ……。不審者は黒いシャツを着ていたみたいですけど、あなたは違いますよね」

「着替えました」

そんな一連の会話が交わされたのだという。

とりあえず警察署に任意同行してもらうとのことで、男はそのままパトカーに乗せられていった。犯人が特定されて警察の保護下に置かれたのは、とりあえず一安心すべきなのだろうけれど。

だけど……と、また別の不安が浮かび上がった。

１０１号室といえば、この２０４号室から対角線上の真反対だ。自分が洗濯のために出た物音など聞こえるはずもない。万が一それを察したとしても、あのわずかな時間に、どうやって階段の上まで昇ってこれたのか。

また黒シャツから服を着替えていたのは、自らの仕業とバレないようにとの工作だろう。

それならなぜ、自分から警察官に犯行を名乗りでたのだろうか。

男の支離滅裂な行動が不気味でならず、トモコさんは朝まで一睡もできなかった。

翌日、早朝を過ぎたところでトモコさんはアパートの大家に連絡した。

事件について事細かに伝え、身の危険を訴えるためだ。１０１号室の住人は、いったいなにものなのか。これまでにもなにか変な行動をとっていたのか。

「ああ、あの人はねえ……」

大家は観念した様子で、これまで聞き知った情報を伝えてきた。

「実はねえ。隣の102号室の女の人も、迷惑をかけられていたみたいでね」

一ヵ月ほど前から、101号室の男は夜中に掃除機をかけたり、部屋のものを外に投げ出したり、102号室との壁をどんどんと激しく叩くようになった。

隣室の女性はしばらく我慢していたらしいが、二週間前に決定的な出来事が起こる。

ベランダの窓から、男が上半身だけを突き出し、こちらを覗き込んでいたのだ。

「……え、どういうことですか？　102号室のベランダに入ってきたってこと？」

「いや、違うみたい。とにかく窓の横から覗いていた、上半身を突き出して部屋の中を覗いてた……って言われたんですよ」

さすがに耐えきれなくなった102号室の女性は、直後にアパートを退去してしまった。

それが二週間ほど前の出来事なのだという。

「いや、でも」トモコさんは納得できない点を追求した。

「そんな風に、窓の横から覗くなんて無理じゃないですか」

「さあねえ、自分の部屋のベランダから、ぐいぐいっと頑張って乗り出したんじゃないの？」

大家は簡単に片づけているが、各部屋のベランダは繋がっておらず、小さいスペースが独立しているだけ。普通の人間の背丈では、隣室のベランダに体を届かせるのは不可能だ。男は腰から上をぬるぬると伸ばして、隣の窓を覗いたのかもしれない。そんな姿を目の当たりにしたからこそ、102号室の女性は逃げるように引っ越したのではないか。

そう考えたとたん、背中から後頭部がぞくりとざわめいた。

このようなトラブルが起きていたことを、自分たち住人たちに伝えていなかった大家に不信感を抱いた。

ただ幸いといおうか、この日を境に男を見かけることはなくなった。ややあって気づいた時には、101号室は空き部屋になっていたそうだ。

しばらくして、トモコさんのポストに一通の茶封筒が届いた。ひっくり返してみると、立川市の聞いたこともない病院から送られてきたものだった。

なにかと思いながら封を開ける。入っていたのはボールペンの手書きで記された、一枚だけの便箋。あの男からの謝罪の手紙だった。

「ご迷惑をかけたことは、すみません」

「他に謝りにいく身内もいないので、自分が謝らせていただきます」

一読だけして捨てたので、事細かな文章は覚えていない。ただその内容は漠然としており、たいへん簡素な言い回しという印象だったことは確かだ。正直なところ、真剣さや誠意はいっさい感じ取れなかった。謝罪しなくてはならないので仕方なくこの手紙を書いている……といった気持ちが文面から滲みでていた。

何度か同じような失敗を繰り返しているのだろうな、とトモコさんは思った。

男からすれば、それらの失敗は自分のせいではないと感じているのだろう。あのような行動をとり、あのような状態になってしまうのは、彼自身の判断ではなく、ただ「させられていること」なのだ、と。

「ここ三年ほど調子が良かったのですが、最近、自分をコントロールすることができなくなっていました。この前のように驚かせてしまったのは不幸なことでした」

いったい男がなにもので、どんな人生を送ってきたか。それはまったく知らないけれど。

手紙を読んだ後、首と両手足を伸ばしてジャンプしていた、あの男の顔がよみがえった。

——俺はいったいなにをしているんだろう——。

自分で自分に驚いているような、あの表情が。

笹塚のマンション

「今日の明け方ごろ、すごく怖かったよね」

朝食の席で、姉が突然そんなことを言ってきた。

「……なにそれ」

アサコさんは一言だけ、ぼんやりと返した。

「いや、うちの玄関の扉が思いきり、ガンガンガン叩かれたじゃない。わたし怖くてベッドから出られなかったんだけど。あんたの部屋、玄関のすぐそばなんだし」

……大丈夫だったの？　姉は心配そうな目をこちらに向けてくる。

しかしアサコさんには、本当に心当たりがなかったのだ。

このところずっと眠れない夜が続いている。たまにウトウトしても浅い睡眠にしかならず、途中で嫌な夢を見ては、すぐに飛び起きてしまう。

だからもし玄関が叩かれでもしたら、気づかないはずないのに。

笹塚
ささづか
京王線　京王新線

「いつものピンポンダッシュの子じゃないの。どの部屋の子かは知らないけど」

当時、アサコさんたち姉妹は、笹塚の大きなマンションで二人暮らしをしていた。やけに横長の建物で、世帯数はゆうに百を超えている。彼女たちの部屋はエレベーターから長い廊下を突きあたった最奥で、すぐ先は裏口の階段となっていた。

逃走経路があるためか、呼び鈴を押して逃げられるイタズラが幾度か続いていた。どうせマンション内の子どもの仕業だろうと、べつだん気にしていなかったのだが。

「違うでしょ。だって朝の四時とかだよ」

ふうん、とだけ返して会話を終わらせた。正直、そんなことはどうでもよかったのだ。

姉は少し神経質で、たびたびこのマンションで変な目にあったと報告してくる。

特にエレベーターの件は何回聞かされたことか。

仕事帰り、自分たちの六階に向かう途中、きまって押してもいない階で停まるのだという。いつも扉が開いた先には誰もいない。そんなことが一度や二度でなく百パーセント。六階に上がる時は必ず同じ現象が起こるから気味悪いのだ、と。

あとは廊下を歩くお婆さんの話も。

六階フロアで降りると、この建物特有のやけに長い廊下がずうっと続いている。そこを見知らぬ老婆が歩いている。あんな人、この階に住んでいたかな……。そう思っていたら、老婆はどこかの部屋にすうっと入っていった。玄関も開けず、壁をすり抜けるようにして。

これまた一度だけでなくその後も複数回にわたって同じ老婆を見たのだ、と姉は主張する。

とはいえアサコさんとしては、それもこれもただの気にし過ぎ、または見間違いだろうと捉えていた。今回だって、寝ぼけた姉が夢と混ぜこぜに聞いた幻聴ではないのか。

とにかく自分には、そんなことを気にかけている余裕はない。今はただ、心の中にぐるぐると渦巻く暗い感情を抑えるだけで精一杯なのだから。


しかしこの日以降、姉はたびたび同じ報告を繰り返すようになった。

明け方の時刻にガンガンガン……と玄関がけたたましく叩かれる。姉は驚いて飛び起きるのだが、怖くて外を確認できない。

数日に一度の割合で、また同じことが起きたと泣きついてくる。

アサコさんはその激しいノック音を一度も聞いていない。だがこうまで続くと、さすがに単なる気のせいとは片づけられなくなった。

「誰かが嫌がらせしているんだよ」と、姉はひどく怯えている。確かに女二人暮らしの部屋で、こんな事態が続くのは自分にとっても不安だ。

「とりあえず管理人さんに相談してみよう。ノックされた日付、思い出せる?」

幾度にも及ぶ明け方の訪問を、姉にリストアップしてもらったところで。

……あっ……。

アサコさんは、ある法則に気がついた。

玄関が叩かれる日の前夜、自分がいつも、あの歩道橋を渡っていることに。

笹塚駅の近くで甲州街道を跨ぐ、なんの変哲もない歩道橋だ。そんなところを歩いた記憶など、他の人なら欠片も残らないだろう。だがアサコさんはしっかりと覚えていた。

その歩道橋は、彼女が恋人と別れた最後の場所だったからだ。

数ヶ月前のデート帰り、彼はアサコさんを自宅まで送ってくれていた。ただその途中、二人は口喧嘩をしてしまった。いつもしているような些細な言い争いだった。

とはいえ少し気まずくなった二人は、マンションにたどり着く前、すぐ近くの歩道橋の真ん中で別れを交わした。どうせいつものように、彼からすぐに情熱的なメールが届いて、仲直りするだろうと思っていた。

だがその夜、彼は亡くなった。自宅で首を吊ったのである。

残されたアサコさんは衝撃と混乱を経た後、ひたすら茫然自失の日々が続いた。

そうした時期が過ぎてからはずっと、恋人の後を追いたい気持ちと闘い続けていた。

数日に一度は、恋人と別れた歩道橋の真ん中で立ち止まってしまう。甲州街道を走る車を眼下に眺め、ここから身を投じたらどうなるだろうとの想いに駆られながら。

ノックの音はいつも、その日の夜明け前に響いていたのだ。


まさかそんな、とは思った。しかしこの関連に思い当たってしまった以上、今日はとても眠りにつける気がしない。とにかく少しでも気を紛らわせようと、アサコさんは夜を徹して、仕事の資格試験のための勉強に集中した。

気づいた頃には、明け方近くになっていた。さすがに根を詰めすぎて、目や頭が限界を迎えている。もう少ししたら出勤だ。眠れないまでも、横になって目を閉じておこう。

そう考えてベッドに倒れこみ、目をつむった瞬間。

体の上をなにかが跨いで、そのまま横に寝転がる気配がした。すぐに自分の左側から、息づかいのようなものが漂ってきた。

驚いたが、目は開けられなかった。

左はすぐ壁になっているので、誰かが入り込む隙間などない。横に寝転んでいるものは、姉でも不審者でも、生きた人間ですらもないはずだ。

「ごめんね」

ふいに自分の口から、そんな言葉が漏れた。

「ごめん、本当にごめんね、ごめんね」

こちらの意思とは関係なく、言葉が流れだす。それは確かに自分が発している声なのだが、誰かに言わされているような、他者の声を代弁させられているような感覚だった。

……本当にごめん、ごめん、ごめん、ごめんね……。

とめどなく繰り返される言葉を、なんとか口を閉じて抑えた。

そして今度は自分の意思で、自分の声を出して、こう言った。

「いいよ、大丈夫だよ」


――リリリリリリリリリリ――

けたたましい響きで、アサコさんは我に返った。

いつのまにかマンションの内廊下に立っている。その突き当たりの窓を、自分の手で開けているところだった。足の裏の冷たさから、裸足のまま部屋を出ていることがわかった。

リリリリリリリリリ……。周囲では、非常ベルの甲高い音が反響している。

いつのまにここに飛び出してきたのか。窓を開けたのは、ここから飛び降りるためだったのだろうか。ベルの音で正気に戻らなければ、危ないところだったのかもしれない。

しかし離れたところにある非常ベルを、いったい誰が鳴らしたというのか。

この日を境に、アサコさんは例の歩道橋を渡ることをやめた。

すると姉が明け方のノックに悩まされることもなくなった。

あの日、ベッドの横に寝転んだ気配と、非常ベルを鳴らしてくれたもの。それは確かに、死んだ恋人が来てくれたのだと、今でも思っている。

ただあのマンションには、恋人の他に様々なものが渦巻いていたのだろう。自分を死に導こうとしたもの、姉が感じた不気味なもの。それらは自分の心の闇が引き寄せたのかもしれない。そしてまた、同じような闇を抱えていた人が他にもいたのではないか。


後日、下北沢を歩いていた時にふらりと寄った店で、いきなり「ちょっと！」と大声をかけられた。振り向くと、テレビでよく見かける有名霊能者の女性がそこにいた。

「あんた、たくさん憑いているよ。悪いものがたくさん」

彼女はぼろぼろと泣きながら、その場で簡単なお祓いをしてくれた。料金も取らずに去っていったので、本当に善意のボランティアだったのだろう。

そして姉の結婚を機に、姉妹ともにマンションを引っ越した。

現在のアサコさんは、まったく離れた土地にてパートナーと暮らしている。

引っ越し後しばらくして、マンションのすぐ近くで殺人事件が起きた。夜道に佇んでいた高齢女性が、近所の男に殴り殺されたのだ。その事件は大きな全国ニュースにもなった。

犯人は、あのマンションに住む男だった。長年にわたってアサコさんと同じ建物の一室に籠《こも》り、暗い鬱屈を募らせていたのだ。

男はすぐに逮捕されたものの、初公判の直前、ビルから身を投げて自殺した。男が飛び降りた建物は不明だが、その遺体がマンション付近の路上に倒れていたのは確かである。

地下にまつわる二話

次の二話は京王電鉄職員に直接取材したものではなく、間接的に聞いた情報だ。つまり実話怪談というよりも都市伝説に近い。とはいえ単純な都市伝説とも異なる、かなり範囲の狭い職場怪談・路線怪談ではあるだろう。

1．トワコさんの話

昔、京王線の人と合コンしたんですよ。こちらがずいぶん若かった頃で、向こうの男性メンバーは車掌さんと運転手さんでした。そこで教えてもらったんですけど。

回送電車ってあるじゃないですか。車庫に向かう電車なんですかね？

そういう回送中の時には、車両の照明はぜんぶ暗くしているんですって。

そんな時、高尾のトンネルは通りたくない、と言うんです。

そのトンネルに入る時、たまに後ろで変な音が聞こえることがある。運転室の扉のノブが、

高尾山口
たかおさんぐち
高尾線

初台
はつだい
京王新線

ガチャガチャって動く音。まるで外から誰かが入ってこようとしているみたいに。なにかと思って振り向くけど、扉のすぐ外には誰もいない。ただ少し先に、車両の向こう側へ走り去っていく人の後ろ姿。それが運転室の窓ごしに見えるそうです。しかも電車はトンネルの中を走っていく訳じゃないですか。ただでさえ照明がついてないから、そうなると車両の中は真っ暗。

そこに人がいるんですって。今度は一人や二人じゃなく。暗闇の中で、座席にはぎっしり黒い人たちが座っていて、大勢の黒い人影が立って吊り革に掴まっている。いるはずのない人たちが、トンネルを出るまでずっと見えるそうです。

誰か一人の体験談じゃなくて、けっこう多くの運転手さんが体験している。

その高尾のトンネルで事故が起きたとか、人が死んだという話は別にない。ないんだけど、「とにかくそういうことがある」って話してくれました。

——「高尾のトンネル」とは、京王高尾線の高尾~高尾山口駅にある第一トンネルと第二トンネルのことだろうか。しかしなぜ回送電車がそこを通ると、上記のような怪異が起こると噂されるのか。

戦時中、高尾駅周辺はたびたび空襲を受けた。いまだ駅構内の鉄骨には機銃掃射の跡が残されている。近くの湯ノ花トンネルでは列車が銃撃を受け、五十名以上の死者を出す大惨事となった。ただ湯ノ花トンネルは中央本線であり、京王線とは関係ない。高尾のトンネルで人が死んだ話がない、とはそういう意味だろう。

ただし京王高尾線の第一・第二トンネルのすぐ脇には「浅川地下壕《あさがわちかごう》」の戦争遺跡がある。戦争末期に工事が進められていた、松代大本営《まつしろだいほんえい》と並ぶ国内最大級の地下壕だ。高尾駅（当時は浅川駅）から地下壕への引き込み線も敷設されていたが、完成前に戦争が終結、幻の未成線となった。

また戦前のわずかな期間だが、高尾山口近くの高尾橋まで延びていた路線も存在していた。「武蔵中央電気鉄道」という、かつて八王子市内を走っていた路面電車である。昭和恐慌の煽りを受けて廃業したため、高尾橋駅の運営期間は十年にも満たなかった。

使われないまま、あるいは短命に終わった哀しい鉄路。高尾のトンネルに乗り込む人影たちは、この両路線が夢見た情景を、代わりに再現しているのかもしれない。

2. ノブオさんの話

ずっと前に、京王線沿線の工事に携わった男性から聞いた話です。

新宿駅から京王新線に乗ると、電車がずっと地下を通っていきますよね。あの途中に、もう使われなくなった駅があるらしいんです。

男性は工事の関係上、その地下駅を経由することになった。終電後、たった一人で廃墟みたいなホームに出てみたんです。作業灯しかなくて周囲は真っ暗だったんですけど。

そのホームに、女が立っていた。

明らかに工事関係者ではない、ふつうの服を着た女性。もちろんその駅には外から入ってくる出入り口なんてないので、部外者の一般人がいること自体がおかしい。

彼も一瞬だけ「注意して出ていってもらわないといけない」と思ったんです。

ただあることに気づいて、どうしても声をかけられなくなってしまった。

俺、どうしてあの女が見えているんだ……と。作業灯の周り以外は、完全に真っ暗なんです。でも女の顔も髪型も服装も、まるで暗闇に浮かび上がったようにハッキリ見える。

急いでその廃駅から逃げ出して作業現場に戻ったそうです。その後で元請けの人に色々聞いたんですが、相手が返したのはたった一言だけだった、と。

「気にしなくていいから」


——これは「旧初台駅」のことだろうか。

一九六四年の東京オリンピックに伴い、新宿～初台間が地下化された時につくられた駅だ。

しかし一九七八年の新線開通とともに初台駅は現在の位置に変わり、旧初台駅は閉鎖された。とはいえ今も旧初台駅の遺構は残されている。新宿～初台間を走っている途中、窓の外の暗闇によく目を凝らせば、そのホームをちらりと見ることができる。

京王線は地下化工事の多い路線のため、こうした怪談は他にも多そうだ。ノブオさんが同じ男性に聞いたところによると。

工事中、作業員が用を足したくなった時は、駅のトイレを使わせてもらえる。だが構内の照明までは点けてくれないので、ヘルメットのヘッドライトだけで向かうことになる。

ただ、地下にある某駅のトイレだけは行かないようにしているのだという。

真っ暗な中で用を足していると、必ず肩口から誰かが覗きこんでくるからだ。

それがどこの駅なのかは、教えてもらえなかったとのこと。

似た話

高尾のトンネルについて情報提供してくれたトワコさんから、もう一つ怪談を聞いた。

彼女が某保険会社の調布支店に勤めていた時、同僚のA子が教えてくれた話だという。

その女性社員は調布に配属される以前、多摩センター駅近くの支社で働いていたそうだ。

ある時、業務の都合上、多摩センター支社に深夜まで居残ることになった。フロアには他に数名の社員もいたのだが、全員が少しでも早く帰るため、慌てて作業をこなしている。

そこでふと、自分のデスクの電話が鳴った。

もう0時を過ぎている。顧客からはもちろん、社員からの緊急連絡ですらありえないだろう。一瞬そう思ったが、いつもの癖で2コール目には受話器を取っていた。

「……たすけて」

か細い女性の声が耳元で響いた。「はい？」とA子が聞き返したところ。

「たすけて……たすけて……」

京王多摩センター
けいおうたませんたー
相模原線

二度、女性は同じ言葉を繰り返し、そこでプツリと通話が途絶えてしまった。

慌ててフロアにいる上司に事の次第を連絡したところ。

「ああ……あるらしいよ、そういうこと」

このビルでは、夜中まで作業していると、よく不審な電話がかかってくる。それはきまって女性の声で「たすけて」とだけ繰り返し、すぐに切れてしまう。

長年勤めている社員たちは、次のように噂しているそうだ。昔、このビルの屋上から飛び降り自殺をした女性社員がいた。それは夜中の0時過ぎだったので、同時刻になると彼女が電話をかけてくるのだろう。誰かに助けを求めようとして……。


私はこれとよく似た話を、十年ほど前に聞き及んでいた。多摩センター駅近くのビルで、飛び降り自殺した保険会社の女性社員が、死後も多数の人々に目撃されるといった話だ。二〇一七年刊『怪の足跡』内で「エレベータの女」として発表している。時期も場所も状況もかなり一致しているのだが……そのビルは、前述のビルと非常に近いけれど別の建物なのである。

繋がりそうで完全には繋がらないところが、なんとも実話怪談らしい。

耕せない土地

京王多摩センター
けいおうたませんたー
相模原線

特定の土地にまつわる話なので、さすがに情報を曖昧にすべきだろう。

かなり範囲を広くとり、多摩ニュータウン周辺地域とだけ述べておくことにする。


少し前、その地域の中学校が、私を講師として招いてくれた。

講堂に集めた生徒たちに実話怪談を聞かせてくれという、なんとも奇特な依頼である。

とはいえ企画担当の先生や生徒たちが熱心に動いてくれたおかげで、講演自体はつつがなく成功した。

そこで私は、手持ちの実話怪談だけではなく、また別のネタを用意していた。中学校の周りに、なにか怪談めいた由来を持つ土地でもないかと事前に調べておいたのだ。図書館にて当地の市誌・町誌を閲覧し、その民俗パートを紐解いていく。すると学校の近くの場所にまつわる、興味深い伝説を発見したのである。

その土地は昔、とある名称で呼ばれていた。

耕すのが難しいといった意味合いなので、ここでは仮に「難耕地（ナンコウチ）」としておく。そこは多摩丘陵が浸食されてできた谷間、いわゆる谷戸《やと》の地形である。斜面により田畑を耕しにくかったので、このような地名が付けられたのだろう。

ただしどの資料を見ても、名称の由来について次のような説明がなされていた。

昔、この谷の奥に、老夫婦と娘の親子三人が暮らす一軒の家があった。そこを旅の僧が訪れ、一夜の宿を求める。老夫婦は快く応じたが、彼はただの旅僧ではなかったようだ。

一泊どころか、なんやかんやと理屈をつけ、厚かましく何日にもわたって家に滞在。そのうちに妻の老婆をたぶらかし、ただならぬ関係を結んでいく。

もはや不貞の虜である老婆には、長年連れ添った亭主も一人娘も邪魔ものでしかなくなった。まず娘については八方手を尽くして他所《よそ》へと追い出したのだが、亭主の方はそうもいかない。ここで二人はとんでもない凶行に出た。

夫を殺害し、その死体を井戸に沈めたのである。

娘に続いて亭主までもがいなくなったことを村人たちに怪しまれたが、「急用で旅に出たのだ」と素知らぬ顔で触れまわった。こうして愛の巣を完成させた二人だったが、その悪事はお上の知るところとなる。

　たちまち捕縛された僧と老婆には死罪が言い渡され、谷の一本松に磔《はりつけ》となった。彼らの遺体は、殺された亭主と同じように井戸へと投げ捨てられた。ただし二人を引き離すように、上の井戸と下の井戸へと別々に。

　こうした惨事が起きた場所を、人々は「難耕地＝ナンコウチ」と呼ぶようになった。その由来は僧の名前「ナンゴロウ」が訛ったものだとの説もある。

　怪異が起きるのはここからだ。

　清浄であるべき井戸が、死体によって汚されたのである。これ以降、井戸は雨が降るたび、ごうごうと黒い水を噴き出すようになった。人々は井戸神の怒りかと怖れ、その場所へ近寄ることを禁忌とした。いわゆる「忌み地」である。

　祟りを示したのがどの井戸なのかについては、資料によって異なるため定かではない。殺された亭主を隠した井戸なのか、それとも僧と老婆が捨てられた上・下の井戸どちらなのか。もしかしたらその三つすべてなのかもしれないが。

　いずれにせよ、それらの井戸も時が経つうちに潰れ、周囲はただの荒れはてた原野となった。しばらくは誰かが供養のため建てた墓石と、磔の一本松だけが残されていたそうだ。

　しかしニュータウンの造成地として買収された頃には、墓石は撤去され、松も切り取られてしまったのだという。

もちろん、どこまでが本当にあった事実かはわからない。

この伝説が記されたおそらく最古の資料は、宝暦十三年（一七六三年）に編纂された村の旧記だ。その一部に、ナンコウチについての非常にシンプルな記述が見られる。Aという男を祀った塚について、次のような説明がなされているのだ。

——寛永年間、この村の男Aが、同村に住むBの妻と密通した末、Bを殺して古井戸に捨てた。その罪でAと妻は磔となり、ABの田畑は○○寺の持ち分となった——。

寛永となると当時からしても百年以上前の出来事だが、原文では男Aと亭主B、土地収用した寺の名前までもが明記されており、信憑性は高そうだ。村人のAが旅僧とされたのは後の時代の改変であり、もともとは村内における不倫スキャンダルだった。その末に起きた殺人事件なのだとすれば、そこまで珍しい事態ではない。

気になる井戸の祟りについてだが、旧記では怪異についていっさい触れていない。ただし塚の説明として、殺された亭主が古井戸に捨てられたことには言及している。なぜ被害者でなく殺人者Aの方を祀ったのかは疑問にせよ、わざわざ塚を造ったのは、その古井戸に異変が起こったからだろう。

おそらく黒い水を噴き出す井戸は実在していたのだと、私は思う。圧力やガスなどの関係で、地下水が井戸から勝手に溢れだす現象がある。いわゆる「自噴井戸」と呼ばれるものだ。水の流れる谷戸の地形に、さらに雨の日という条件が重なれば、地下水の噴出は起こりうるのではないか。

さらに多摩地域では、谷戸に流れる腐植質が未分解の冷水を「黒水」と呼んだという。使われずに放置された井戸であれば、そのような黒い水が出てくる可能性もある。

この現象への驚きと畏怖《いふ》が、井戸神の怒りを連想させた。また農業に適さない水が湧くポイントとして、田畑が耕しにくい土地＝ナンコウチと呼ばれ、忌み地扱いされた。

ナンコウチの伝説とは、そうした事情から逆算されたものかもしれない。

不倫がらみの殺人くらいは、実際に起きた出来事だったのだろう。ただ亭主の死体が井戸に投げ込まれたかどうかとなると、これは眉唾《まゆつば》ものだ。古井戸から黒水が湧く説明として、人々はなにかしらの因果関係を求めたかった。そこで村内の過去の事件を結びつけ、伝説と供養塚を創ることで安心したのではないか。

つまり井戸の祟りなど存在しない。

近づいてはいけない忌み地とは、単にそこが農耕に不適切なエリアだっただけ。

現実的な立場をとるなら、そう解釈してもいいだろう。

ただ私はこの調査中、幾つかの気になる情報にぶつかってしまった。

まずKさんに聞いた話。Kさんは建築・土木業に携わっており、たびたび私に怪談を提供してくれる人物だ。多摩南部も業務エリアで、この周辺もよく知っているそうなのだが。

「建設中のビル火災で、知り合いの作業員さんが亡くなったことがありますね」

完成間際だったビルの中で、工事中に大火災が発生。巻き込まれた作業員のうち五名が死亡、四十二名が負傷してしまった。様々なミスが重なって起きた大惨事であり、裁判の結果、責任者には業務上過失致死罪が言い渡されている。

Kさんによれば、この事故の報道を受けた時、知り合いの親方がこんなことを漏らしていたのが印象的だったとか。

「あのへんは……ダメなんだよな」


その言葉を裏付けるように、ビルの近くでは、また別の火災も発生している。

私が中学校での講演前に、担当の先生から聞かされたところによれば。

「夕方過ぎでしたかね。この校舎にまで黒煙が届いてきたんですよ。いったいなにがあったかと思っていたら」

学校裏手には千年以上前から残る古道が延びている。

その先で、一台の乗用車が炎上していたのだ。

約一時間後、消防隊によって火は消し止められた。だが車の近くで倒れている男性と、焼けた車内の後部座席には性別不明の二人、計三名の焼死体が見つかる。後部座席にはガソリンの携行缶が開いた状態で残されていたという。

三人は車に引火させ、集団自殺を決行したのである。

「……日曜日で、生徒がいなかったのが不幸中の幸いでした」

さらにもう一件、近隣で火にまつわる事故が起きていると聞かされた。
新聞のアーカイブ検索を行ったところ、該当する記事はすぐに発見できた。
「道路脇の壁に衝突　炎上車内から遺体
14日午後4時50分頃、○○市××の都道を走行中の乗用車が、道路脇の自動車学校の側壁に衝突。車体が横転した後に炎上し、全焼した車内から性別不明の遺体が見つかった。現場は片側一車線の直線道路で、車のブレーキ痕はなかったという。多摩中央署が身元の確認を進めるとともに、事故原因を調べている」

建設事故、集団自殺、交通事故といった違いはあれど、いずれも火災によって人々が焼死している。人口密度の低い郊外で、よく似た惨事が一年おきに発生している。

その頻度以上に驚くのは、それぞれの現場の位置関係だ。

私は講演前に中学校を抜け出し、三つの現場すべてを確認してみた。それぞれがほぼ直線に近いかたちで並んでおり、立ち止まらなければ徒歩五分ほどでたどれるほどの距離だ。

そして三つの現場はすべて、あるポイントを囲んでいた。

ナンコウチの、祟《たた》りの井戸だ。

不適切な方法で井戸を潰すと、様々な祟りに見舞われた末、最後は火事になる。井戸にまつわる怪談で、非常に多く語られるパターンだ。

もちろんこれは偶然に過ぎない。ナンコウチの伝説が百パーセント事実だったとは考えにくいし、仮にそうだったとしても四百年前の出来事である。

ただし怪談とは、たとえそれが事実と異なっていても、いつのまにか力を持ってしまうものなのだ。長い間、語られていくうちに、人々の恐怖を餌にして。ナンコウチの井戸への怖れは、すっかり再開発された現在でもなお、地元でひっそり囁かれている。

――といった話を、私の講演の合間に差し挟んだのである。もちろん中学生向けに、もっとずっと簡潔なかたちではあったが。

そして終了後、楽屋で帰り支度をしていた私に、担当の先生が声をかけてきた。

「ちょっと生徒の話を聞いてくれませんかね」

どうやら先生は、この講演の数日前から生徒たちに実話怪談を募集していたらしい。結果はほぼ全滅だったが、一人だけ実体験談を持っていた女子生徒がいた。先生はあらかじめその内容を聞いているのだが、私が直接取材する方がいいだろう、とのことだった。

もちろん了承した私は、講堂に残る女生徒Cさんから次のような話を聞いた。

「一年前かな、友だちと学校から帰ろうとしていた時なんですけど……」

正門を出ると大きな交差点だ。左に曲がればナンコウチに続く道だが、駅は反対側へと渡った先にある。駅を目指していた彼女たちは、じっと赤信号を待ち続けていた。

横断歩道のこちら側には、自分と友人しか立っていない。Cさんはいつ信号が変わるかと顔を上げていたが、ふと左側に妙な気配を感じ、そちらへ視線を移した。

友人のすぐ後ろに、いつのまにか人が立っていた。背中にぴたりとはりつくほどの、異常な近さである。だから一見、その顔かたちはよく見えなかったのだが。

次の瞬間、友人の体が前につんのめった。そのまま一歩二歩と勢いよく進み、車道へ出たところへ、横からトラックが突っ込んでくる。

悲鳴が喉元までせり上がったが、間一髪、トラックは友人の目の前を通り過ぎた。やや遅れて、けたたましいクラクションが鳴り響く。友人はキョトンとした顔で、なにが起きたのかわからない様子だった。

「転んじゃった、て本人は言うんですよ。絶対、後ろの人に突き飛ばされたのに」

とっさに振り向くと、斜め後ろの人影は消えていた。私もそこを通っているが、見晴らしよく開けた場所なので、とっさに立ち去ることなど不可能だ。

ただCさんは、友人が突き飛ばされる瞬間、そのものの顔を見ていた。

「お婆さん……でした。そこまでお年寄りじゃないけど、若い女性ではなかったです」

友人を目で追う前のわずかな時間だが、はっきり確認できたのだという。その老婆が、なぜか怒っているような表情をしていたことも。


Cさんがナンコウチの伝説を知ったのは、私の講演によってである。あらかじめ担当の先生が聞き取っているので、私の話を聞いてとっさに「老婆」を連想するのは不可能だ。

怪談は語り継がれるうち、実体を伴いはじめる。やがてはその話を知らないものにまで、影響を及ぼすほどに。

ナンコウチの怪談は、むしろここ近年にこそ、力を増しているのではないだろうか。

※追記
八王子の鑓水《やりみず》地区も多くの谷戸が入り組んでおり、また「道了堂《どうりょうどう》」など数々の怪談が語られる土地だ。詳しくは共著者・川奈まり子さんの『八王子怪談』「谷戸の女」を参照してほしい。

そんな道了堂すぐ近くの谷戸にも、ナンコウチの元名称とまったく同じ地名が存在する。これについては、なにかしらの関連があるのだろうか。

瑣末な情報ながら、京王線の怪談にまつわる覚え書きとして、念のため言及しておく。

団地の日々

南大沢
みなみおおさわ
相模原線

東京都世田谷区生まれの私が八王子市へ引っ越してきたのは七十年代のことだった。当時の八王子市から多摩市の辺りは開発の端緒が開かれたばかりで、一九六九年に着工した多摩ニュータウンも、赤土が荒々しく剥き出しになった造成地の状態だった。まだ真新しかった京王多摩センター駅や南大沢駅を初めて訪れたのは、私が小学校の六年生のときだった。母が車を出して、家族全員でわざわざ見物しに行ったのだ。

そのときは南大沢駅の周辺は更地だらけだったと記憶している。後に大型の商業施設が出来て、ときどき日用品を買いに行くようになった。また、駅から徒歩五分程度で行ける場所に建った南大沢図書館も開設当初から利用していたものだ。多摩センターは、小田急線が乗り入れるようになって駅周辺が非常に充実した。

中学生の頃から、私が家庭を持って子育てに励んでいた時期——そう、十五年ほど前までは、月に一度は足を運んでいたと思う。遊園地や子ども向けの遊び場、映画館やカジュアルな飲食店があり、当時は幼児だった息子や甥っ子たちを気軽に遊びに連れていくのに最適なロケーションだった。

――と、いうわけで、今回のお話の体験者さんと私は、南大沢駅や多摩センター駅の周辺で一度ならず擦れ違っていたと思われる。

彼女は、私と子育て期間が一部重なっており、この話の頃は多摩ニュータウンに住み、買い物など日常の用は南大沢駅や多摩センター駅の周辺で済ませていたとのこと。

彼女の体験談は、一九九〇年頃、当時三十歳で、多摩ニュータウンの南大沢団地に引っ越してきたところから始まる。

当時、二人目の子どもが生まれて、それまで住んでいた都心のアパートが手狭になったので都営住宅の抽選に申し込んだところ運好くあたり、南大沢団地に入居しました。たぶん平成二年だったと思います。当時うちの辺りは竣工したばかりで何もかも真新しかったものです。環境が良かったせいでしょうか、南大沢団地に住んでいる間に三女も生まれまして。どういうわけか、うちは娘ばかりなんですよ。三姉妹です。

南大沢の部屋は２ＤＫでしたから、末っ子が歩きはじめる頃には、また狭く感じられてきました。そんな矢先に、近くの上柚木《かみゆぎ》団地には部屋数が多い物件があると聞いて抽選に申し込んだら、なんと、また当選したのです。

そういう次第ですから、うちは多摩ニュータウンの中で二回も引っ越したんですよ。

上柚木団地には、三女が小学校を卒業した平成十七年頃まで暮らしておりました。

南大沢団地には二年いたかいないか……。上柚木団地の方がずっと長いわけですね。

多摩ニュータウンの中でも、上柚木団地は特に子育てに適しています。

上柚木公園という総面積が二十ヘクタール以上もあるとても広い公園と、公立の幼・小・中学校に敷地が隣接している上に、南大沢駅まで路線バスが運行していて通勤や買い物にも困りません。……まあ、南大沢団地の方が駅に近くて便利でしたけど。

でも、上柚木に来てからの方がお友だちも増えましたし……。

その頃の入居者には子育て世帯が多かったんです。

だからすぐに、いわゆるママ友が出来ました。

すると、そういうお友だちを介して、怪しい噂が耳に入ってくるようになって……。

たとえば、「この近くに戦国時代の古戦場があって、団地や隣の小学校の辺りはその頃の遺体の埋葬地だったらしい」とか。

私は、子どもたちが乳幼児の頃の一時期を除いて司書として図書館に勤めていましたから、どちらかといえば調べ物が得意な方なのです。

ちょっと調べてみると、上柚木公園から北東に三キロぐらい先の永林寺というお寺の境内に《由木城跡》の石碑がありました。

なんでも、由木という土地では、平安時代から戦国時代までに、由木氏、長井《ながい》氏、大石《おおいし》氏と城主が移り変わっているそうで、ここは最後の城主・大石定久《さだひさ》の居城だったとのこと。

戦国時代、大石氏は北条氏照《うじてる》を養子に迎えて家督を譲ったのですが、北条氏は豊臣勢に攻め滅ぼされます。

それが有名な八王子城の戦いです。

八王子城は豊臣方についた前田利家《まえだとしいえ》と上杉景勝《うえすぎかげかつ》の軍勢によって一日で落城し、三千名以上が皆殺しにされました。この戦の前に北条氏は十五歳から七十歳までの男子を由木村を含む近在の村から徴発して八王子城に籠城《ろうじょう》させていたので……。

城内の者は討ち死し、辺り一帯の落ち武者探しも厳しかったはずですから……。

戦国時代に由来する怖い噂も、まったくのデマだとは思われませんでした。

「誰もいない校舎の窓に人影が映る。ここには良くないものがいる」

そんなことを言って私たち保護者や生徒たちを震えあがらせたのは、娘たちが通っていた小学校の男の先生でした。数年後に辞めてしまわれましたが、当時はそういう思わせぶりなことをおっしゃる先生が一人いたのです。

この方は「昔この学校の辺りには沼があった。水気がある土地には悪い霊が寄ってきやすい」と話していたこともありました。

八王子は湧水が豊富で、すぐ近くの上柚木公園にも地下水がジクジク滲みだしているところが一ヶ所ありましたし、公園の北端を大栗川が流れているので、沼があったとしてもおかしくないと思ってしまいましたよ。

実際、上柚木団地に住んでいた十年あまりの間に、子どもの事故死が何度もありました。まだ開校して間もなかった小学校の校舎からの転落死、駅前の噴水での溺死事故、団地のベランダからの転落死など……。

娘たちの同級生三人のお葬式に行ったんですよ？　不幸が少し多すぎやしませんか。

向かいの棟の一階が燃える火事もありましたし……。

あるときは、こんな騒ぎも。

団地のママ友と立ち話をしたところ、彼女が「あのお宅のベランダに昨日からずっと洗濯物が干しっぱなしになってるんだけど、平気かな？」と言って団地の一棟の上の方を指差すので見てみると、長女の同級生Aちゃんの家でした。

それで、長女に訊ねたら、Aちゃんは今日は欠席した、と。

だからもしや何か良くないことがあったのではないかと思っていたところ、翌日、Aちゃんのおとうさんの訃報が届いたのです。

交通事故に遭われて亡くなったそうで、その夜、長女を連れてお通夜に参りました。

七月半ばの晴れた夜で、月が出ていたんですよ。

なのに、団地に戻ってきて建物に入ろうとした瞬間に、空が一面、真っ白に輝き、同時に轟音が空気を震わせて、光の矢が一直線に数十メートル先の中庭に落ちました。

落雷でした。

落ちた先は、Aちゃんや娘たちがよく遊んでいた滑り台。

その直後、にわかに大粒の雨が降りだしたので、Aちゃんのおとうさんの霊が帰ってきたのかしらと思ったものです。

落雷騒ぎと前後して、同じ棟に住んでいた、ある奥さんも変なものを視たようです。

たまたまエレベーターでご一緒したときに「近所で誰か赤ちゃんを亡くした人がいるのかな」と話しかけてきたので、「聞いたことがないけれど、どうして?」と訊ねると、

「うちは共働きだからゴミの回収日の前の晩にゴミ出しをする習慣なんだけど、昨夜、ゴミを集積所に持っていくときに、うちの棟と隣の棟の間の通路から誰も押していないベビーカーが出てきたの」

カラカラカラ……と軽い音を立てて、そのベビーカーは、彼女がいた遊歩道を横切って向かい側の棟の方へひとりでに移動していったそうです。

ゆっくり歩くような速さで通り過ぎる間ずっと、うつろなベビーカーの中を街灯が照らしていました。

「何も乗っていなかった。ねえ？ 団地に赤ちゃんを亡くした人がいるんだと思う？」

私が知る限り、そんな事実はなかったと思います。


——でも、それからしばらくして、団地に黒い影が出没しはじめました。

八月の暑い盛りで、娘たちは小学校や幼稚園の夏休みでした。

お盆休みに差し掛かっていましたが、その日、夫は仕事がらみで出掛けており、長女は昼から同級生の家へ遊びに行って留守でした。

午後三時頃、末娘が昼寝をしている間に、私は次女に手伝わせてベランダの洗濯物を取り込み、リビングルームのソファで一緒に畳んでおりました。

クーラーを掛けていたので、ベランダの掃き出し窓はすぐに閉めましたよ。

ところが、ベランダから真っ黒なものが走ってきて、私たちの目の前を横切ると、玄関の方へ駆け抜けていったのです。
四、五歳ぐらいの子どもの形をしているような気がしましたが、一瞬の出来事でした。
「おかあさん、今の子は誰?」と次女が私に訊ね、ハッと我に返って「視たの?」と質問すると「視た」と。

「小さい男の子だったよね」と言って、玄関の方へ行こうとします。

「待って」と引き留めて、私が先に立って玄関へ行くと、ドアに鍵が掛かったままで誰の姿もありませんでした。

そのうち末娘が起きてきたり長女が帰ってきたりしたので、いつまでも気にしていられなくなってしまいましたが。

それにまた、夕食の材料で足りないものがあったので買い物に行く必要があって。

外に出ると、顔見知りの奥さんたちが三人で立ち話をしていました。

挨拶をしたら、「昨日の夜ピンポンダッシュされたよねって、今みんなで話していたんだけど、お宅はどうだった?」と訊かれました。

「ピンポンダッシュって、ドアチャイムを鳴らして逃げていく悪戯のこと? うちはされなかったけど……誰か悪戯して回ってるってこと?」

私がそう言うと、三人はちょっと顔を見合わせた後、順繰りに話しはじめました。

「うん。うちは夜の十時すぎに。でも出たら誰もいないっていう……」

「うちは、すぐドアを開けて外を見たんだけど、人の気配が全然しなくて気味悪かった」

「私んちは、ピンポンと鳴った直後にベッドで眠っていた夫が凄くうなされだしたから、玄関に出る前に夫を起こしたの。そしたら『真っ黒な子どもみたいなものに首を絞められた。たった今、そいつはそこの窓から逃げてった』と言って寝室の窓を指差した。でも窓は閉まっていたし、そもそもうちは九階で外は壁だよ? ありえないでしょ……」

その晩は、私のうちも今にもドアチャイムが鳴らされるんじゃないかと不安で、なかなか寝つけませんでした。

何か気分転換が必要だと思い、翌日は娘たちと一緒に多摩センターへ遊びに行くことにしました。

午前十一時頃、娘たち三人を従えて家を出ました。娘たち三人がはしゃいだようすでついてくるのを「声が響くから、ちょっと静かにしなさい」とたしなめて、私はエレベーターの昇降ボタンを押しました。

誰かが一階に降りた後だとみえて、下からエレベーターが上がってきます。

娘たちは、まだ後ろで騒いでいました。

「ほら、もうエレベーターが来るよ」と声を掛けた直後、エレベーターが着きました。

扉が開く刹那に左奥に五歳くらいの男の子が……いえ、扉が完全に開いたときには、それは黒い影の塊に視えたのですが……。

何か異様なものが乗っていたので、激しく動揺して後ずさりしたところ、

「どしたの？」と言いながら長女が真後ろから抱きついてきて、思わず悲鳴を上げてしまいました。すると「何なの？」と長女は首をかしげて「早く乗ろ？」と……止める間もなくエレベーターに乗り込みました。

「ダメ！」

「えっ？　何？」とポカンとした顔で私を見る……その背後で黒い影が薄れて消えてゆく。

「急がないとブザーが鳴っちゃうよ？　みんなも乗って」

次女が乗り、次いで末っ子が私の手を掴んで「おかあさん？」と、顔を見上げてきました。

……ああ、これはもう仕方がない、と、思い切って乗り込んでみたら……。

明るく清潔な、いつものエレベーターでした。

子どものような黒い影には、これを最後に二度と遭遇することはありませんでした。

上柚木団地ではその後も何回か不思議な出来事が起こりましたっけ……。

忘れられないのは、次女が小四で風邪をこじらせて家で寝込んでいたときのこと。

四十度近い高熱を出してうなされながら、おかしなことを訴えかけてきたのです。

「おかあさん、あの女の人を何とかして」

「女の人？　みんな学校に行ったから、今はおかあさん以外、誰もいないよ」

「……いつも冷蔵庫の前に白い着物を着た女の人が正座してるのに、わからないの？」

熱のせいで変な妄想に取り憑かれているのだと思いつつ、背中が薄ら寒いような心地がしました。

娘は潤んだ瞳でぼんやりと私の顔を見つめて、尚も続けました。

「私の横に寝てるおじいさんがいるでしょ？　このおじいさんがいなくなったら風邪が治るんだって」

「……おじいさんなんて寝てないよ。きっと夢を見ているのよ」

「違うよ。おじいさんが、私のことをずっと見てるから熱が出てるの。おかあさんには視えないいんだね」

「違う違う！　あなたは夢を見ているの！　もう眠りなさい！」

翌日には熱が下がり、数日で全快しましたが、あのときは本当に怖い思いをしました。

こんな調子でしたから、いつからか私は、うちの玄関とベランダに盛り塩をするようになりました。

お蔭で最後の二、三年は家の中では何事もありませんでした。

でも、それからも、夕方、車で末っ子を迎えに行くときに上柚木公園のそばで急に霧が垂れ込めてきて、危うく交通事故を起こしかけたりしたことも……。

青信号で丁字路を右折しようとしたら、けたたましくクラクションを鳴らされまして、びっくりして信号を見直したら赤でした。

そのとき、一瞬で魔法みたいに霧も晴れました。

上柚木公園も幽霊が出るという噂が絶えない場所でしたが、遊び盛りの子どもを三人も抱えていたので、当時は気にしていられませんでしたね。

そんな娘たちもみんな成人してしまって、今は夫婦で静かに暮らしています。

三女が中学に進学する直前に、に都心の方にマンションを買って引っ越しました。

その後は平凡な毎日を送って参りましたから、本当にあんなことがあっただなんて嘘みたいで、最近では、団地の日々が夢の中の出来事だったかのようにも思えます。

執筆者別作品リスト

◎吉田悠軌

大栗川にいたもの
多摩川にいたもの
渋谷区緑町
府中のミイラ
三丁目の三怪
あのー
彼らの棲み処
あいつがきた
あいつがきた理由
ルームシェアの終わり
小さなカレー屋さん
祟りがあるぞ
調布の赤い女
京王多摩川の赤い老婆
爆発ばばあ
マーキング
おわび
笹塚のマンション
地下にまつわる二話
似た話
耕せない土地

◎川奈まり子

卵と酒の木 ―高尾山麓で生まれ育った五十代の女性から聞いた話―
沼の女
とびだし注意
烏山
井の頭池の女
歯磨き
豆腐屋のおばあちゃん
ビルの谷間から
上手の人 ―羽尾万里子さんの話―
井の頭線のトンネルで ―オオタケさんの怪談―
公衆トイレの呻き声
多摩川の河川敷にて ―ヤマケンさんの話―
ドッペルゲンガー ―ヤマケンさんの話―
浴室の板
タクシー運転手の話
指人形を捕ったこと ―八王子育ちの四十代の男性の話―
代田の踏切から……
ねこばばの罰
人魂の家
団地の日々

★読者アンケートのお願い

本書のご感想をお寄せください。アンケートをお寄せいただきました方から抽選で5名様に図書カードを差し上げます。
（締切：2025年４月30日まで）

応募フォームはこちら

京王沿線怪談

2025年４月７日　初版第1刷発行

著者……………………………………………………… 吉田悠軌、川奈まり子
デザイン・DTP ……………………………………… 荻窪裕司（design clopper）

発行所……………………………………………………………… 株式会社 竹書房
〒102-0075　東京都千代田区三番町８－１　三番町東急ビル６Ｆ
email：info@takeshobo.co.jp
https：//www.takeshobo.co.jp
印刷所……………………………………………………… 中央精版印刷株式会社